Barbara Leisner

Abschied nehmen

Barbara Leisner

Abschied nehmen

Praktischer Rat und Hilfe
in den Tagen der Trauer

Herder
Freiburg · Basel · Wien

Für Thekla, die uns vorangegangen ist

Umschlaggestaltung: Finken & Bumiller
Titelfoto: Hermann Steigert
Herstellung: Clausen und Bosse, Leck

Gedruckt auf umweltfreundlichem,
chlorfrei gebleichtem Papier
Printed in Germany

ISBN 3-451-26084-0

Inhalt

Trauer und Erinnerung 116

Der Nachlaß 142

(bitte wenden)

Anhang 152

Wir haben keine bleibende Statt,
sondern die künftige suchen wir.

HEBRÄERBRIEF 13,14

Auf den Weg

Jede Gesellschaft, jede Kultur, ja sogar jede Generation und jeder einzelne Mensch muß sich immer wieder von neuem mit der Tatsache des Todes auseinandersetzen und auf seine Weise darauf antworten.

In Deutschland hat sich die Generation, die den Zweiten Weltkrieg mitgemacht hat, voller Entsetzen von den Schrecken des Todes abgewandt. Zugleich hat sie den Tod und ihre Toten endgültig aus dem täglichen Leben verbannt und in die Hände professioneller Helfer übergeben.

So kennen die Kinder der »alten« Bundesrepublik und der ehemaligen DDR, die nach dem Krieg geboren und inzwischen schon lange erwachsen sind, den Tod zwar außerordentlich gut – aber nur von den leblosen oder bewegten Bildern der allgegenwärtigen Medien. Viele aus der Nachkriegsgeneration haben noch nie oder höchstens einmal in ihrem Leben einen Leichnam gesehen oder sogar angefaßt.

Diese Nachkriegsgeneration aber muß sich jetzt mit dem Sterben befassen: Ihre Eltern sind in das Alter gekommen, in dem man auf den Tod zu warten beginnt. Doch es gibt kaum noch Erfahrungen und Traditionen im Umgang mit den Sterbenden und Toten, auf die man zurückgreifen kann.

Man stirbt heute nur noch selten so wie in den Erzählungen der Groß- und Urgroßeltern, die noch aus der ersten Hälfte dieses Jahrhunderts stammten: Damals versammelte sich die ganze Familie um die Großmutter, die im Sterben lag. Dem Enkelkind, das sich sein Leben lang daran erinnern konnte, legte sie ihre Hände zu einem letzten Segen auf den Kopf. Nach dem Abschiednehmen blieben alle Familienmitglieder noch drei Tage lang gemeinsam bei der Sterbenden, warteten mit ihr auf ihren Tod und beteten an ihrem Bett. Wenn sie gestorben war, wurden aus der Kirche Kandelaber und Palmzweige gebracht. Die Tote wurde in der Sterbestube aufgebahrt. Die Nacht hindurch hielt man gemeinsam bei Kerzenlicht Totenwache. Am folgenden Tag fand die Aussegnung statt, und der Sarg wurde vom Sterbehaus auf den nahegelegenen Friedhof getragen.

Damals lebten mehr Menschen als heute auf dem Land. In den Dörfern gab es keine Leichenhallen. Man brachte die Särge mit den Verstorbenen in den Turm oder eine zum Leichenraum umfunktionierte Kapelle der Kirche und begrub sie möglichst am nächsten Tag. Nur im Winter konnte es vorkommen, daß ein Sarg bis zum Tauwetter dort stehen bleiben mußte, weil die Erde zu hart gefroren war, um ein Grab auszuheben. War der Tote in der Kirche aufgebahrt, so liefen die spielenden Kinder zwischendurch einmal hinein, um einen neugierigen Blick in den offenen Sarg zu werfen. Sie waren so von klein auf mit dem Anblick von Toten vertraut und rannten – wie meine Schwiegermutter noch aus ihrer Kindheit in Ostpreußen erzählte – zusammen mit dem »schugger Emil«, dem Verrückten des Ortes, mehr aus Spaß und Neugier als in ernster Anteilnahme vor jedem Trauerzug zum offenen Grab.

Auf heutige Kinder wirken solche Erzählungen wie Berichte aus fremden Galaxien. Sterben und Tod ist hauptsächlich zu einer Angelegenheit der Krankenhäuser und Altersheime geworden. Das Abschiednehmen selbst wird nicht mehr durch gewohnte und seit der Kindheit wie selbstverständlich eingeübte Rituale erleichtert. Ja, der konkrete Umgang mit Toten und das Abschiednehmen und Trauern sind sogar fast zu einem Tabu geworden, über das man lieber nicht spricht und von dem man nichts wissen will.

Auf der anderen Seite wird das Sterben den Sterbenden und ihren Angehörigen geradezu aus der Hand genommen. Gerechterweise muß man dazusagen, daß die meisten Menschen darüber zunächst eher froh sind, als daß sie Widerstand entgegensetzen würden. So findet die Sterbestunde oft in den Räumen der Intensivmedizin statt, wo es nicht um ein stilles Beisammensein und Abschiednehmen geht, sondern darum, das Leben immer weiter zu verlängern. Geräusche und Lichter technischer Geräte erfüllen den Raum. Später, in der Trauer, können solche Erlebnisse zu einer sehr schmerzlichen Erinnerung werden.

Nicht nur das Sterben, auch der Umgang mit den Toten ist im Laufe unseres Jahrhunderts immer mehr bürokratisiert und zu einer Aufgabe von Experten geworden – so analysiert jedenfalls der Friedhofsforscher Norbert Fischer in seinem neuen Buch treffend unsere kulturelle Entwicklung. Tatsächlich glauben viele Menschen, sie könnten und dürften ihren Toten zum Beispiel nicht mehr berühren; es sei nicht erlaubt, ihn oder sie eigenhändig in den Sarg zu legen; man könne ein Grab nicht selbst zuschaufeln. Doch solche letzten Dienste muß man nicht – oder zumindest nicht vollständig – professionellen Helfern überlassen. Auch wenn sie die Toten mit einer gewissen Pietät behandeln, können sie die Verstorbenen im alltäglichen berufsmäßigen Umgang auf Dauer nur als leblose Körper ansehen. Die Angehörigen aber kennen ihren Verstorbenen. Sie können, wenn sie sich selbst um ihn kümmern, in Liebe Abschied nehmen und der Trauer und dem Schmerz über den Verlust freien Lauf lassen.

Zu diesem persönlichen Umgang mit den eigenen Verstorbenen will dieses Buch Ratschläge geben und zeigen, daß und wie man den Abschied gestalten und die Bestattung durchführen kann.

Allerdings würde ich keinem Betroffenen raten, sich um alles allein zu kümmern. Jeder, der den Verlust eines nahen Angehörigen erleben muß, braucht dringend soviel Hilfe wie nur irgend möglich. In der einschlägigen Literatur wird gern ein Pfarrer zitiert, der seiner Gemeinde, die er neu übernommen hatte, rundheraus erklärte, er werde niemanden beerdigen, wenn ihm nicht zuvor sieben Nachbarn benannt würden: einer, der das Kreuz, und sechs, die den Sarg trügen.

Es müssen nicht die Nachbarn sein. Die Hilfe kann aus dem eigenen Lebenskreis kommen. Nachbarn, Freunde, Verwandte, Bekannte, Kollegen – sie alle können einzelne Aufgaben übernehmen, Behördengänge machen, Briefe schreiben, Telefonate führen, Essen kochen, Einkäufe erledigen und vieles andere mehr. Was fast genauso wichtig ist: Sie können allein dadurch, daß sie da sind und zuhören, die Trauernden in einer schweren Zeit begleiten und stützen.

Allerdings kann diese Hilfe im Notfall nur dann wirklich greifen, wenn man schon mitten im Leben miteinander verabredet hat, daß man einander bei einem Todesfall beistehen will. Das heißt, man muß den Gedanken zulassen, daß der Tod jederzeit und für jeden von uns eintreten kann. Man muß miteinander über den Tod reden und einander seine Wünsche und Bedürfnisse mitteilen.

So soll dieser Ratgeber auch all denen dienen, die sich Gedanken über das Ende des Lebens machen und darüber, was mit ihrem Körper geschehen soll. Das Buch gibt Auskunft über den praktischen Ablauf jener Dinge, die nach dem Tod geschehen müssen. Es informiert aber auch über die Gefühle, die in dieser Zeit vorherrschen können, und es gibt Anregungen, wie man mit dem Abschied umgehen und einen eigenen Ausdruck für die Gefühle finden kann.

Ein weiterer Gedanke ist noch anzuführen. Die Beschreibung von Bestattung und Trauer soll auch den berufsmäßigen und ehrenamtlichen Helfern nützen, die in der Pflege und Begleitung Sterbender und ihrer Angehörigen arbeiten. Sie können die Sterbenden und ihre Angehörigen auf das vorbereiten, was nach dem Tode zu tun ist. Wenn man auf die »praktische Seite« des Todes zumindest gedanklich vorbereitet ist, kann man einen Teil der Fragen, die sich unausweichlich stellen werden, schon vorher klären, können Lebende und Sterbende ihre eigenen Wünsche formulieren, kann die Hilf- und Sprachlosigkeit, die die Trauer noch schmerzlicher macht, überwunden werden.

Hier muß noch ein Wort zum Titel »Ratgeber« gesagt werden. Vielleicht kann man das Ratgeben mit einer Autofahrt auf unbekannten Straßen vergleichen. Der Fahrer hat es in der Hand, wohin er sein Auto steuert. Der Beifahrer und Ratgeber kann nur die Landkarte lesen und Hinweise geben, welcher Weg der günstigste sein könnte, wo eine Straße besonders holprig sein wird, oder er kann aus dem Fenster schauen und vor plötzlichen Hindernissen warnen.

Ähnlich ist es auch mit diesem Buch. Die Bestattungs- und Friedhofsverhältnisse sind in Deutschland von Bundesland zu Bundesland unterschiedlich geregelt, und sie unterscheiden sich auch noch nach den jeweiligen örtlichen Gewohnheiten. Deshalb sollte man dieses Buch sozusagen wie eine gute Straßenkarte benutzen. Sie kann nicht immer etwas über die exakten Straßenverhältnisse aussagen, aber sie kann die Richtung anzeigen und Überblick verschaffen. Gerade wenn man eine Bestattung möglichst eigenständig regeln will, sollte man sich auf jeden Fall vorher genau nach den jeweiligen örtlichen Gegebenheiten erkundigen.

Ich wünsche mir, daß dieses Buch zum Gespräch über den Tod anregt; zu Überlegungen – auch ganz praktischen –, was zu tun ist, wenn das eintritt, an das die meisten Menschen lieber nicht denken; daß es zu festen Verabredungen zwischen Menschen, die einander nahe sind, führt, miteinander nicht nur die fröhlichen Zeiten, sondern auch schwere Zeiten gemeinsam zu tragen und einander zu unterstützen. Ich bin überzeugt, daß auf diese Weise das Wissen vom Tod den Lebenden und den Verstorbenen dienen wird.

Eine Anmerkung zum Schluß: Wenn in diesem Buch hauptsächlich in männlicher Form von Toten und Verstorbenen oder Freunden und Nachbarn geschrieben wird, so ist damit nur einer leichteren Lesbarkeit Rechnung getragen. Es sind immer alle Menschen gemeint, egal ob weiblich oder männlich: Sterben müssen wir alle.

Danke

Bei der Arbeit an diesem Buch habe ich von vielen Seiten Unterstützung erfahren. Allen, die die Enstehung des Manuskriptes begleitet haben, möchte ich sehr herzlich danken.

Besonderer Dank gilt jenen, die das Manuskript gelesen und mit ihren Ratschlägen zu seiner Verbesserung beigetragen haben. Herr Balck vom Ohlsdorfer Friedhof in Hamburg hat Angaben aus dem Bereich des Friedhofswesens verbessert. Von Klaus Behner gab es für das Kapitel Trauerfeier hilfreiche Anmerkungen. Rolf Erdorf hat mit liebevoller Kritik manche ungewöhnliche Formulierung ausgemerzt und für eine ausgewogenere Darstellung des Themas gesorgt, für das er offener ist als die meisten anderen Menschen. Norbert Fischer, der zur gleichen Zeit ein Buch zum gleichen Thema – aber aus ganz anderer Sicht – geschrieben hat, danke ich für die Vorab-Überlassung seines Manuskriptes und manchen freundschaftlichen Austausch. Von Silke Grantz sind persönliche Erfahrungen und solche aus ihrer Arbeit als Trauerbegleiterin in den Text eingeflossen. Horst Lange hat das ganze Manuskript gelesen und viele Einzelhinweise gegeben. Thomas Lienau-Becker hat mir die Sicht eines Pastoren auf den Bereich Tod und Bestattung nahegebracht. Prof. Dr. Dr. Wenzel Lohff hat eine Reihe von Vorschlägen gemacht, die zur Verbesserung besonders der das Christentum betreffenden Passagen geführt haben. Herr Winkler vom Großhamburgischen Bestattungsinstitut hat wichtige Korrekturen aus der Sicht eines Bestatters hinzugefügt. Danken möchte ich auch der Trauerbegleiter-Gruppe, der ich durch unsere gemeinsame Ausbildung angehöre. In unseren regelmäßigen Treffen haben mir alle immer wieder geduldig zugehört, und manches, was im gemeinsamen Erfahrungsaustausch mitgeteilt worden ist, hat hier seinen Niederschlag gefunden. Last not least gilt mein Dank dem Lektor des Herder-Verlages, Herrn Burkhard Menke, der mich mit Büchern und Texten unterstützt hat, und dessen Sammlung ein großer Teil der Sprüche und Texte des Anhangs entnommen ist.

Barbara Leisner

... Der Tod ist doch etwas Seltsames, daß man ihn, unerachtet aller Erfahrung, bei einem uns teuren Gegenstande nicht für möglich hält, und er immer als etwas Unglaubliches und Unerwartetes eintritt. Er ist gewissermaßen eine Unmöglichkeit, die plötzlich zur Wirklichkeit wird. Und dieser Übergang aus einer uns bekannten Existenz in eine andere, von der wir auch gar nichts wissen, ist etwas so Gewaltsames, daß es für die Zurückbleibenden nicht ohne tiefe Erschütterungen abgeht.

JOHANN WOLFGANG VON GOETHE; *aus: Gespräche mit Eckermann*

Vom Umgang mit den Toten

Die erste Zeit nach dem Tod

Ein Mensch ist gestorben

Ein Mensch ist gestorben. Mit dem letzten Atemzug hat das Leben den Körper verlassen. Alle Lebensprozesse in ihm hören auf. Das Blut zirkuliert nicht mehr, die Organe arbeiten nicht mehr, im Gehirn haben »die Neuronen aufgehört zu feuern«. Das heißt zugleich: man kann den Puls nicht mehr spüren. Man fühlt ihn nicht mehr, wenn man mit der Hand den Handknöchel umfaßt und dort nach der Ader tastet, die normalerweise regelmäßig pulsiert. Der Atem ist nicht mehr wahrnehmbar. Wenn man einen Spiegel vor die Lippen hält, erscheint keine Trübung mehr. Die Augen sind blicklos.

Wir sind vom Krankenhaus oder Pflegeheim benachrichtigt worden oder waren sogar beim Sterben dabei. Möglicherweise haben wir sie oder ihn in der eigenen Wohnung aufgefunden. Dort liegt dieser Mensch, den wir so gut kennen, mit allen Spuren seines eigenen, ganz und gar individuellen Lebens: klein oder groß, schmal oder breit, mit Falten im Gesicht oder mit dem Grübchen am Kinn, mit seinen schlanken oder breiten und kräftigen Händen, die wir so gern mochten, mit den Füßen, die ihn oder sie durch ihr Leben getragen haben, und mit seinen Augen, die jetzt leer geworden sind. Wir hatten uns aneinander gewöhnt. Wir kannten uns gut. Wir hatten miteinander gelebt, uns geliebt und gehaßt, uns gestritten und aufeinander gefreut und vielleicht auch zusammen geweint.

Jetzt ist alles vorbei.

Auch wenn wir das Ende kommen sehen konnten, wenn wir Zeit hatten, uns darauf einzustellen, wenn der Übergang vom Leben zum Sterben ohne Kampf vor sich ging: Der Tod ist ungeheuerlich. Selbst dann, wenn es ein sanfter Tod war, übermannt uns seine gewaltige Kraft; um wieviel mehr, wenn dieser Tod unvorhergesehen und plötzlich oder sogar gewaltsam eintrat.

Unser Partner, unser Kind, unser Vater oder unsere Mutter, unsere Freundin oder unser Freund ist nicht mehr da. Zurückgeblieben ist ein lebloser Körper. Wir können sein Totsein, wir können diesen Toten vor uns nicht fassen. Vielleicht erstarren wir innerlich. Vielleicht bäumt sich das Chaos unserer Gefühle wie eine Woge in uns auf, die uns mit sich hinwegreißen und verschlingen will. Vielleicht schwindet uns der Boden unter den Füßen, und ein Abgrund tut sich vor uns auf. Wir können Nebensächliches und Wichtiges nicht mehr voneinander unterscheiden. Wir sind aus unserer alltäglichen Sicherheit herausgerissen, versetzt in einen Zustand, in dem Raum und Zeit nicht mehr die gewohnten Dimensionen einnehmen.

Was soll ich tun?

Und jetzt soll ich auch noch sofort und im selben Augenblick bestimmen, was mit diesem toten Menschen ganz praktisch passieren soll?

Das ist richtig: Die nächsten Angehörigen, die erreichbar sind, haben das Recht und die Pflicht, über die Bestattung zu bestimmen. Aber man muß nicht Hals über Kopf Entscheidungen treffen. Anders ausgedrückt: man muß nicht sofort handeln. Man kann sich Zeit zur Besinnung nehmen; Zeit, um annähernd zu begreifen, was geschehen ist. Und diese Zeit sollte man sich unbedingt nehmen.

Man muß sich im Angesicht des Todes nicht unnötig beeilen und sich auch nicht drängen lassen oder irgendwelche Entscheidungen in Hektik treffen, weil alles angeblich sofort geschehen muß. Man kann sich außerdem, bevor irgendwelche Entscheidungen fallen, erst einmal Hilfe holen. Deshalb tun Sie im Angesicht des Toten zuerst das, wozu Ihr Herz Sie drängt.

Lassen Sie Ihre Gefühle zu. Weinen Sie, schreien Sie, schluchzen Sie, wenn das Gefühl dazu in Ihnen aufsteigt. Haben Sie keine Angst davor, was die anderen denken könnten. Die anderen erleben nicht das, was Sie gerade erleben.

Sie haben das Recht, jetzt – in gerade diesem unwiederbringlichen Moment – mit Ihrem Verstorbenen zusammenzusein und ihn zu sehen. Sie können ihn in sein Bett legen, ihm die Augen zudrücken, seine Hände zusammenlegen, ihn streicheln, im Stillen oder laut mit ihm reden und ihm das sagen, was Sie schon immer auf dem Herzen hatten, ihn rufen, beten, eine Kerze anzünden oder einfach nur ganz still neben dem Toten sitzen. Sie brauchen Zeit, um in sich hineinzuhorchen und wahrzunehmen, was in Ihnen vor sich geht, und um darauf zu achten, was Sie in diesem Augenblick wirklich tun möchten.

Wie auch immer Sie zu übersinnlichen Fragen stehen, ob Sie eine Weiterexistenz nach dem Tode ablehnen oder daran glauben können: in diesem Augenblick, mit Ihrem toten Angehörigen zusammen in einem Raum, kann eine besondere Atmosphäre herrschen, kann jene Grenze – die Schwelle des Lebens, die sich sonst unserer Wahrnehmung nicht öffnet – deutlich und zugleich durchlässig werden. Begleiten Sie Ihren Verstorbenen innerlich ein Stück dieses Weges durch das geöffnete Tor hindurch.

Später trauern manche Menschen gerade darüber am meisten, daß sie in ihrer Verwirrung über den Tod nicht das tun konnten, was für sie ganz persönlich eigentlich richtig, wichtig und angemessen gewesen wäre.

Welche Hilfe gibt es im ersten Augenblick?

Wenn Sie das Gefühl haben, daß Sie ganz dringend Hilfe brauchen und auf keinen Fall allein bleiben wollen, sollten Sie sich fragen: Gibt es Verwandte, Freunde oder andere Menschen, deren Anwesenheit ich jetzt brauche und die mir gut tun würden? Stand jemand dem Toten sehr nahe, der auch mich in dieser Situation unterstützen könnte? Sie müssen nicht »alles alleine schaffen«. Rufen Sie sich zur Hilfe, wen Sie am liebsten sehen möchten. Vertrauen Sie darauf, daß es nur wenige Menschen gibt, die in einem solchen Fall ihren Freunden oder Verwandten nicht beistehen würden.

Man kann auch einen Vertreter seiner Religion herbeirufen. Auch wer sonst wenig Kontakt zu einer Kirche hat, braucht sich davor nicht zu scheuen.

Gerade im Angesicht des Todes stehen die übergreifenden Sinnfragen überdeutlich im Raum: Wohin gehen wir? Woher kommen wir? Warum sind wir hier auf Erden?

Geistliche aller Konfessionen haben mit dieser Frage häufiger zu tun als die meisten anderen Menschen. Sie sind mit Riten und Texten vertraut, die dem eine Gestalt geben können, wovor unser Reden und Handeln endet. Viele haben außerdem eine psychologisch-seelsorgerische Ausbildung, die sie speziell dazu befähigt, in solchen Augenblicken hilfreich zu sein.

Der Geistliche wird ein Gebet über dem Vestorbenen sprechen. In der evangelischen Kirche gehört dazu ein Abschiedswort, der sogenannte Valetsegen, wie zum Beispiel: »Der Herr segne Deinen Ausgang und Deinen Eingang von nun an bis in die Ewigkeit.« In der katholischen Kirche gehört der Psalm 129 »Aus der Tiefe rufe ich, Herr, zu Dir« zu den Gebeten im Sterbehaus. Damit kann sich auch für die anderen Anwesenden nach dem Eintreten des Todes die innere Verbindung zu jener höheren Kraft herstellen, von der alles Leben ausgeht.

Nicht nur Vertreter christlicher Religionen spenden Trost. Es gibt in unserer multikulturellen Gesellschaft eine Reihe von seelsorgerischen und beratenden Diensten und Gruppen verschiedener Glaubensrichtungen – oder auch konfessionsübergreifende –, sowie einzelne Helferinnen und Helfer, die Todkranken, Sterbenden und Angehörigen beistehen. Auch einzelne Bestattungsinstitute richten inzwischen entsprechende psychologische Dienste ein, weil sie die Notwendigkeit einer umfassenderen Betreuung der Hinterbliebenen zu erkennen beginnen. Im konkreten Todesfall wird die Auswahl allerdings meist schwierig sein, wenn man nicht schon vorher persönliche Kontakte geknüpft oder Hinweise auf bestimmte Adressen erhalten hat.

Meist rufen die Hinterbliebenen allerdings sofort ein Bestattungsinstitut oder einen Arzt an. Diese haben im allgemeinen feste Regeln, nach denen ihr Besuch abläuft; darüber weiter unten mehr.

- **Der Tod eines nahen Angehörigen kann unterschiedliche Gefühle auslösen. Man kann innerlich erstarren oder in einem Gefühls-Chaos versinken. Man ist aus der alltäglichen Sicherheit herausgerissen und in einen Zustand versetzt, in dem Raum und Zeit stillzustehen scheinen.**
- **Man muß nicht sofort nach Eintreten des Todes oder nach dem Eintreffen der Todesnachricht handeln. Auf keinen Fall sollte man seine Entscheidungen unter Zeitdruck treffen.**
- **Man kann sich als erstes Hilfe und Beistand holen, indem man einen nahen Verwandten oder Freund anruft oder einen Geistlichen an das Totenbett bittet.**
- **Nehmen Sie Abschied am Totenbett und begleiten Sie Ihren Toten innerlich ein Stück seines Weges.**
- **Als nächster Angehöriger haben Sie – auch wenn Sie nichts erben – das Recht und die Pflicht, über die Bestattung zu bestimmen (außer in Rheinland-Pfalz).**

Abschied im Krankenhaus oder Pflegeheim

Bei diesem ersten »Ge-wahr-werden« des Todes und Abschiednehmen vom Verstorbenen ist man zuhause natürlich von äußeren Einflüssen freier als in einer Institution für Kranke oder Pflegebedürftige. Man kann sich in den eigenen vier Wänden leichter seinen Gefühlen überlassen.

Aber auch im Krankenhaus oder Pflegeheim sollte für Sie und Ihren Toten ein stiller Raum zur Verfügung stehen, in dem Sie ihn noch einmal ungestört sehen und Abschied nehmen können. In manchen Krankenhäusern und Heimen ist das heute schon selbstverständlich. Dort bleibt der Verstorbene entweder bis zum nächsten Tag allein in seinem Zimmer, oder er wird in ein besonderes Abschiedszimmer gebracht.

Leider ist das aber nicht überall so. Vielleicht müssen Sie erst darum bitten. Wenn Sie den Wunsch nach einem ungestörten letzten Beisammensein mit Ihrem Verstorbenen haben, scheuen Sie sich nicht, ihn deutlich und sehr bestimmt auszusprechen. Hier hilft es oft sehr, wenn ein Angehöriger oder Freund Ihnen beisteht und hilft, Ihre Wünsche durchzusetzen.

Was passiert mit meinem Toten im Krankenhaus?

Wenn keine Angehörigen beim Sterben dabeiwaren und sich um den Toten kümmern, richten die Schwestern ihn so her, wie sie es in der Krankenpflegeschule gelernt haben. Meistens schließen sie die Augenlider, säubern den Verstorbenen und reinigen das Totenbett, setzen vielleicht noch das Gebiß wieder ein, betten ihn oder sie dann mit leicht erhöhtem Kopf, legen die Hände übereinander oder falten sie um ein Sterbekreuz. Dann zünden sie eine Kerze an und öffnen vielleicht ein Fenster.

In Krankenpflegeschulen wird gelehrt, dem Toten feuchte Tupfer auf die Augen zu legen, damit diese geschlossen bleiben, und das Kinn mit einem Handtuch hochzubinden, damit der Mund nicht aufklafft. Doch empfinden manche Krankenschwestern diese Sitte als nicht mehr angemessen und versuchen den Toten so zu betten, daß er wie schlafend erscheint.

Leider ist dieses pietätvolle Herrichten der Toten aber nicht immer die Regel. Wenn Angehörige und/oder Freunde sich nicht darum kümmern – oder niemand mehr vorhanden ist –, wird der Verstorbene so schnell wie möglich aus dem Weg geräumt. Dann wird er oder sie – oft noch mit den Kanülen der letzten Wiederbelebungsversuche im Arm – nackt oder nur mit einem offenen Krankenhaushemd bekleidet in den Kühlraum des Krankenhauses geschoben.

- **Im Krankenhaus oder Pflegeheim sollte für Sie und Ihren Toten ein stiller Raum zur Verfügung stehen, in dem Sie ihn noch einmal ungestört sehen und Abschied nehmen können.**

- **Wenn Sie es nicht selbst tun, werden die Schwestern wahrscheinlich den Toten herrichten. Es kann aber auch sein, daß er sofort in den Kühlraum gebracht wird.**

Pathologie, Obduktion und klinische Sektion

Meist liegen diese Kühlräume im Keller der Krankenhäuser und gehören zur pathologischen Abteilung. Nur wenige Menschen kennen sie aus eigener Anschauung. Trotzdem wissen die meisten, wie sie aussehen, weil zum Beispiel bestimmte Szenen in Fernsehkrimis mit Vorliebe in dieser Umgebung gedreht werden.

Die ›Pathologie‹ ist ›die Lehre von den Krankheiten‹. Das bedeutet, daß die Toten in dieser Abteilung ein letztes Mal gründlich untersucht werden. Dazu werden sie obduziert: Man schneidet die Leiche auf, sägt ihren Brustkorb auf und öffnet die Schädeldecke, um nach Veränderungen zu forschen. Die inneren Organe werden herausgenommen, untersucht und gewogen. Zum Schluß werden sie wieder in die Körperöffnungen gelegt. Die Haut wird darüber zugenäht, so daß nach außen hin möglichst wenig von dem Eingriff sichtbar wird.

Noch gründlicher geht man bei einer klinischen Sektion vor, bei der der Körper bis in seine kleinsten Teile zerschnitten und untersucht werden kann, während die Obduktion meist nur zur Feststellung der Todesursache dient.

Auch wenn diese Beschreibung sehr drastisch klingt: Pathologen verstehen ihre Arbeit als einen Dienst am Menschen. Durch sie können Krankheitsursachen an den inneren Organen aufgespürt und Gewebeveränderungen erkannt werden. Die Pathologie bildet sozusagen die Grundlage des gesamten medizinischen Wissens der Neuzeit.

Ein Problem der Pathologie und anderer wissenschaftlicher Institutionen ist, daß man dort so viele Leichen wie möglich sezieren möchte. Hingewiesen sei hier nur auf die Unfallforschung, die vor einiger Zeit wegen der Verwendung von Leichen in Crash-Tests in die Schlagzeilen geriet. Die meisten Menschen wünschen nicht, daß ihr Körper nach dem Tod noch geöffnet oder oder auf andere Weise beschädigt wird.

Es gibt – außer in besonderen Fällen, wie weiter unten noch ausgeführt wird – keinen Zwang zur Obduktion. Aber es ist eine gewisse rechtliche Grauzone vorhanden: Manche Kliniken haben eine sogenannte Sektionsklausel in ihren Aufnahmebedingungen. Mit der Unterschrift unter solche – meist umfangreiche – Formulare erkennt man an, daß man im Falle des Todes seziert wird, wenn ein konkretes wissenschaftliches Interesse vorliegt. Dabei setzen die Ärzte stillschweigend das Einverständnis der Angehörigen voraus, wenn diese nicht innerhalb einer bestimmten Frist Widerspruch einlegen oder sich – möglichst schriftlich – gegen eine Sektion aussprechen. Juristisch ist dieses Verfahren nicht unumstritten.

Wenn Sie nicht wollen, daß Ihr Angehöriger obduziert wird, müssen Sie es innerhalb von 24 Stunden nach dem Tod ablehnen. Um ganz sicherzugehen, beauftragen Sie am besten ein Bestattungsunternehmen damit, Ihren Toten schon vorher aus dem Krankenhaus abzuholen und ihn nach Hause oder in eine Leichenhalle zu überführen. Sie brauchen dabei noch keine weitere Entscheidung über die Bestattung zu treffen.

Nicht alle Krankenhäuser haben diese Vertragsklausel. In manchen klären die Ärzte die Kranken bzw. die Angehörigen eines Verstorbenen offen über ihr Interesse auf, nach dem Tod eine Obduktion vorzunehmen. Verweigern diese dann ihr Einverständnis, wird nach allgemeiner Gepflogenheit die Leichenöffnung unterlassen.

Eine klinische Sektion wird in der Regel dann durchgeführt, wenn vom Verstorbenen eine entsprechende letztwillige Verfügung vorliegt, wenn also zum Beispiel ein Organspenderausweis unterschrieben worden ist oder der eigene Körper durch ein anderes schriftliches Dokument der Wissenschaft zur Verfügung gestellt wird. Auch die Angehörigen können nach dem Tod in eine Obduktion oder eine Sektion einwilligen, wenn sie meinen, damit im Sinne des Verstorbenen zu handeln. Ein anderer Grund kann sein, daß sie selbst gern wissen möchten, welche Krankheitsursache letztendlich zum Tod geführt hat.

Wenn sich niemand um die Bestattung kümmert und der Verstorbene keine gegenteilige Verfügung hinterlassen hat, kann sein Leichnam zur Ausbildung des ärztlichen Nachwuchses einem anatomischen Institut übergeben werden.

- Die Pathologie ist die Lehre von den Krankheiten. Ein Pathologe untersucht die Toten zum letzten Mal gründlich. Obduktion bedeutet Leichenöffnung zur Erforschung der Todesursache. Klinische Sektion heißt, daß der Leichnam zu Forschungszwecken zerschnitten wird.
- Achten Sie auf sogenannte Sektionsklauseln im Aufnahmevertrag von Krankenhäusern und Heimen. In diesem Fall müssen Sie ausdrücklich einer Obduktion widersprechen, sonst wird Ihre Einwilligung bzw. die des Verstorbenen stillschweigend vorausgesetzt.
- Sie vermeiden eine Obduktion nach dem Tod im Krankenhaus oder Heim dadurch, daß Sie ein Bestattungsunternehmen damit beauftragen, Ihren Verstorbenen in eine öffentliche Leichenhalle oder nach Hause zu überführen. Sie brauchen bei diesem Auftrag noch keine weiteren Entscheidungen über die Bestattung zu treffen.

Plötzlicher Tod oder Tod durch Gewalt oder Unfall

Wenn der Tote allerdings schon in ein rechts- oder gerichtsmedizinisches Institut gebracht wurde, haben Angehörige keine Entscheidungsgewalt mehr über eine Obduktion. Jeder, der aus ungeklärtem Grund gestorben ist, wird polizeilich dorthin überführt.

Kann der Arzt bei der Leichenschau die Todesursache weder durch seine Untersuchung noch durch die Kenntnis des Krankheitsverlaufes klären, so muß er die Polizei rufen. Im Prinzip ist damit der Fall gemeint, daß der Arzt aus irgendeinem Grund zu der Annahme kommt, daß eine »Fremdeinwirkung«, also ein Mord oder Totschlag, vorliegen könnte. Heute ist aber sehr häufig die Unsicherheit des Arztes über die eigentliche Todesursache der Grund für eine solche Überführung.

Wenn der Tod zuhause eintrat, versiegelt die Polizei den Raum, in dem sich der Tote befindet, und beauftragt ein Bestattungsinstitut mit der Überführung. Nur in schwierigen Fällen wird ein Beamter dableiben, um den Toten zu bewachen. Oft dauert es dann ein bis zwei Stunden, bis die Bestatter kommen. In dieser Zeit dürfen die Angehörigen nicht mehr zu ihrem Verstorbenen.

Danach muß der Staatsanwalt eine richterliche Leichenschau und – wenn nötig – die Obduktion beantragen, damit die Todesursache einwandfrei festgestellt werden kann. Dagegen können Angehörige keinen Einspruch erheben. Allerdings wird nicht jeder Tote, der in die Gerichtsmedizin gebracht wird, auch obduziert. Oft läßt sich die Todesursache einfacher klären.

Eingeschoben sei hier, daß es noch zwei weitere Gründe gibt, aus denen eine Obduktion notwendig sein kann und rechtlich zugelassen ist: zum einen, wenn es sich um eine Unfalluntersuchung durch den zuständigen Sozialversicherungsträger handelt; zum anderen, wenn eine private Lebensversicherung abgeschlossen worden ist und die Gesellschaft die Leichenöffnung beantragt, um einen Versicherungsbetrug auszuschließen. In beiden Fällen müssen die Hinterbliebenen schriftlich ihr Einverständnis erklären. Lehnen sie eine Obduktion ab, kann der Versicherungsschutz eingeschränkt werden.

Die Leichenöffnung wird im Beisein eines Richters von zwei Ärzten durchgeführt, von denen einer ein Gerichtsarzt sein muß. Sie muß »mit größter Beschleunigung« vorgenommen werden, »weil die ärztlichen Feststellungen über die Todesursache auch durch geringfügige Verzögerungen erheblich beeinträchtigt werden und an Zuverlässigkeit verlieren können« (Gaedke, S. 138).

Dabei müssen immer die Kopf-, Brust- und Bauchhöhle geöffnet werden. Ohne Zustimmung der sogenannten Erklärungsberechtigten, also der nächsten Angehörigen, darf die Obduktion nicht weiter ausgedehnt werden, als dies zur Feststellung der Todesursache notwendig ist. Allerdings müßten sie in diesem Fall anwesend sein und das Vorgehen der Ärzte fachlich überprüfen können.

Gebühren dürfen für die Obduktion nicht erhoben werden. Nach der Obduktion wird der Tote zur Bestattung freigegeben. Dieser Zeitraum sollte zwei Wochen nicht überschreiten.

Natürlich ist der Schock bei einer solchen plötzlichen Todesnachricht viel größer, als wenn der Tod absehbar war. Dazu kommt noch, daß man entweder nur für einen kurzen Moment zu seinem Verstorbenen geführt wird, um ihn zu identifizieren, oder aber gar nicht beziehungsweise nur mit Schwierigkeiten zu seinem toten Angehörigen vordringen kann. Bisher gibt es nur wenige gerichtsmedizinische Institute, in denen man sich intensiv um die Hinterbliebenen kümmert und das Gespräch mit ihnen sucht. Möglicherweise wird man also eher versuchen, Ihnen den Zugang zu Ihrem Toten zu erschweren oder sogar zu verweigern.

Es soll nicht verschwiegen werden, daß es manchmal gute Gründe dafür gibt. Wenn der Tod durch Gewalt verursacht wurde, wird man zum Beispiel befürchten, daß Ihnen das entstellte Aussehen des Verstorbenen nicht zuzumuten ist. Das kann aber auch ein Vorwand sein, um sich den Arbeitsalltag zu erleichtern oder die Konfrontation mit heftigen Gefühlsausbrüchen zu vermeiden.

Verzichten Sie nicht gegen Ihren Willen darauf, Ihren Verstorbenen zu sehen. Versuchen Sie sich vorher so gut wie möglich erklären zu lassen, was passiert ist und was Sie erwarten wird, damit Sie selbst eine Entscheidung treffen können. Um das Vorgefallene zu begreifen, kann es helfen, genau zu wissen, was geschehen ist. Außerdem können nur Sie selbst entscheiden, was für Sie in diesem Moment richtig ist und was Sie ertragen wollen und können, auch wenn diese Entscheidung sehr schwer sein wird.

Da der plötzliche Tod nahe Angehörige völlig unerwartet trifft, ist es noch wichtiger als sonst, eine vertraute Person bei sich zu haben. Es erfordert mehr Kraft, als die meisten Menschen in einem solchen Moment haben, um auch noch mit »Amtspersonen« gelassen und sachlich zu verhandeln und sich nicht einfach abspeisen zu lassen. Wenn Sie das Gefühl haben, daß Sie dazu im Augenblick nicht in der Lage sind, lassen Sie durch andere nachfragen, was passiert ist. Aber zeigen Sie den Menschen, die von Berufs wegen mit Toten umzugehen haben, daß Sie sich um ihren Angehörigen kümmern und daß es Ihnen nicht unwichtig ist, was mit ihm geschieht.

Sie haben das Recht, auch hier in Ruhe Abschied zu nehmen, und zwar gleich, nachdem Sie vom Tod erfahren haben. Dafür gibt es meistens einen gesonderten Raum. Wenn Sie dort mit Ihrem Toten allein gelassen werden möchten, scheuen Sie sich nicht, das zu sagen. In manchen Instituten haben die Angestellten, die Sie dorthin führen, den Auftrag, die ganze Zeit bei Ihnen zu bleiben. Oft haben sie aber einen Ermessensspielraum, um auf Ihre persönlichen Wünsche eingehen zu können.

- **Jeder, der aus ungeklärtem Grund gestorben ist, wird in das nächste rechts- oder gerichtsmedizinisches Institut gebracht.**
- **Bis zur Überführung wird der Raum, in dem sich der Tote befindet, versiegelt und kann sogar von der Polizei bewacht werden.**
- **Auch in der Gerichtsmedizin haben Angehörige das Recht, ihren Verstorbenen sofort zu sehen und in Ruhe Abschied zu nehmen.**
- **Gegen eine gerichtlich angeordnete Leichenschau und Obduktion kann kein Widerspruch eingelegt werden. Der Tote soll spätestens nach zwei Wochen zur Beerdigung freigegeben werden.**

Was muß als Nächstes getan werden?

Wenn die erste Trauer, die erste Verwirrung, der erste Schrecken über den Tod ein wenig abgeklungen sind, stellt sich die Frage erneut: Was soll ich tun?

Je nachdem, wo der Tod stattfand, muß als nächstes Folgendes in die Wege geleitet werden:

- ein Arzt muß die Todesbescheinigung ausstellen;
- man muß sich überlegen, ob der Tote zuhause oder anderswo aufgebahrt werden soll;
- wenn nötig, muß die Überführung des Verstorbenen veranlaßt werden;
- beim Standesamt muß eine Sterbeurkunde beantragt werden.

Todesbescheinigung

Wenn Ihr Angehöriger zuhause gestorben ist, dann müssen Sie jetzt – in den Gesetzen heißt es »unverzüglich«, also ohne schuldhaftes Verzögern (aber was heißt schon unverzüglich im Angesicht des Ewigen?) – einen Arzt benachrichtigen. Das muß übrigens jeder, der »bei dem Tode zugegen ist oder von dem Todesfall aus eigenem Wissen unterrichtet ist« (Gaedke, S. 113 alt).

Der Arzt muß eine ärztliche Leichenschau durchführen und die Todesbescheinigung, auch Leichenschauschein genannt, ausstellen. Im Krankenhaus oder Pflegeheim stellt der behandelnde Arzt diese Bescheinigung unaufgefordert aus.

Man sollte, wenn irgend möglich, den Hausarzt des Verstorbenen oder den Spezialisten, den der Verstorbene am häufigsten konsultiert hat, benachrichtigen. Man muß ihn vielleicht nicht unbedingt mitten in der Nacht aus dem Bett holen, und man kann ruhig auf ihn warten, wenn er zum Beispiel erst in zwei oder drei Stunden Zeit hat. Ein solcher Arzt kennt seinen Patienten und kann aufgrund der Krankengeschichte meist relativ schnell die Todesursache feststellen. Damit läßt sich meist vermeiden, daß die Polizei hinzugezogen wird. Im übrigen muß jeder Arzt, der zu einem Verstorbenen gerufen wird, unverzüglich und an Ort und Stelle eine umfassende Leichenschau vornehmen. Nur wenn es keinen behandelnden Arzt gibt, bleibt keine andere Möglichkeit, als direkt oder über die Polizei den Notarzt zu rufen.

Bei der ärztlichen Leichenschau handelt es sich – sofern eine Erdbestattung vorgesehen ist – um die letzte medizinische Untersuchung des menschlichen Körpers. Sie sollte besonders gründlich sein. Im Prinzip muß der Arzt also den Vestorbenen nackt vor sich sehen, um alle Anzeichen des Todes und der körperlichen Unversehrtheit zu untersuchen. Allerdings scheint es im Ermessen des einzelnen zu liegen, inwieweit er seinem Augenschein und seiner Erfahrung mit dem jeweiligen Patienten traut und sich der Situation der Leidtragenden anpaßt.

Eine Anmerkung: Auch Ärzte sind nur Menschen. Einige von ihnen können in einer solchen Situation menschlich überfordert sein. Sie lernen auf der Universität zwar, Leichen zu sezieren. Doch sie bekommen dort keine oder nur eine sehr geringe Ausbildung darin, einfühlsam auf Sterben, Tod und Trauer zu reagieren. Ihr Beruf ist es, Menschen zu heilen. Der Tod eines Patienten kann für Ärzte leicht so etwas wie ein beruflicher Fehlschlag sein, mit dem sie möglichst wenig zu tun haben wollen. Besonders, wenn Sie sofort nach dem Eintritt des Todes einen Notarzt rufen, kann es sein, daß er erst einmal umfangreiche Wiederbelebungsversuche vornimmt. Wenn Sie das vermeiden wollen, sollten Sie unbedingt den Hausarzt oder einen niedergelassenen Arzt für Allgemeinmedizin aus der näheren Umgebung rufen.

Die ärztliche Todesbescheinigung hat mehrere Funktionen:

- Zum einen soll der Tod einwandfrei festgestellt werden, um eine Bestattung von Scheintoten zu verhindern.
- Dann wird damit sozusagen schwarz auf weiß dokumentiert, daß ein bestimmter Mensch zu einer bestimmten Zeit gestorben ist. Damit dient die Bescheinigung als Grundlage für die Beurkundungen, die nach dem Personenstandsrecht notwendig sind.
- Die Feststellung der Todesart soll klarstellen, ob es sich um einen natürlichen Todesfall handelt oder ob der Tod »die Folge eines unnatürlichen Ereignisses, insbesondere einer strafbaren Handlung ist« – wie es im Juristendeutsch heißt. Ergeben sich Anhaltspunkte für Totschlag, Mord oder Selbstmord, oder handelt es sich um die Leiche eines Unbekannten, so muß der Arzt, wie gesagt, die Polizei benachrichtigen.
- Die Angaben über die Todesursache dienen der Ermittlung und Bekämpfung übertragbarer Krankheiten und der Statistik der Todesursachen. Diese Angaben sind besonders für die Medizin und gesundheitspolitische Maßnahmen von Bedeutung.

Die Todesbescheinigung ist inhaltlich überall gleich. Weil auch im Tode noch die ärztliche Schweigepflicht gilt, besteht sie aus zwei Hauptteilen. In dem offenen Teil, der Bescheinigung für das Standesamt, werden die Angaben über die Person des Verstorbenen, den letzten behandelnden Arzt und die Todesursache eingetragen. Die Todesart wird dort nur mit einem Stichwort bezeichnet. Der verschlossene Teil enthält die näheren Angaben über die Todesursache und darf nur durch den Amtsarzt geöffnet werden. Wie bei Formularen üblich, gibt es natürlich jeweils eine Reihe von Durchschlägen, die für die Pathologie und den Arzt selbst sowie – bei einer Feuerbestattung – für das Krematorium bestimmt sind.

Die Todesbescheinigung ist das wichtigste Dokument für den weiteren Umgang mit dem Verstorbenen. Vor ihrer Ausstellung darf ein

Verstorbener nicht eingesargt und in die Leichenhalle überführt werden. Außerdem wird dieses Schriftstück für die Bestattung, das Standesamt und die Nachlaßregelung gebraucht.

- **Jeder, der bei dem Tod zugegen oder von dem Todesfall aus eigenem Wissen unterrichtet ist, muß einen Arzt benachrichtigen, damit dieser die ärztliche Todesbescheinigung ausstellt.**
- **Im Prinzip muß der Arzt den Verstorbenen nackt vor sich sehen, um alle Anzeichen des Todes und der körperlichen Unversehrtheit zu untersuchen.**
- **Im Krankenhaus oder Pflegeheim stellt der behandelnde Arzt die Todesbescheinigung unaufgefordert aus.**
- **Diese Bescheinigung ist das wichtigste Dokument für den weiteren Umgang mit dem Verstorbenen. Ohne ihn darf ein Verstorbener nicht eingesargt und in die Leichenhalle überführt werden. Er wird außerdem für die Bestattung, das Standesamt und die Nachlaßregelung gebraucht.**

Aufbahrung zuhause

Beim Arztbesuch müssen Sie entscheiden, ob Sie Ihren Angehörigen noch eine Weile bei sich behalten, ihn also zuhause aufbahren möchten. Der Arzt muß bescheinigen, daß dagegen aus medizinischer Sicht keine Bedenken bestehen.

Möchten Sie in der ersten Zeit, in der sich der Körper langsam verändert, noch bei ihrem Verstorbenen verweilen? Haben Sie vielleicht das Gefühl, daß irgend etwas von diesem einen Menschen, sozusagen ein Nachwehen – mag man es Seele oder etwas Unstoffliches nennen – noch in der Nähe des Körpers weilt und sich erst langsam von ihm trennt? Brauchen wir im Tode ebenso wie im Leben eine gewisse Zeit, um uns mit neuen Tatsachen vertraut zu machen?

Es ist hier nicht der Platz, um über ein Leben nach dem Tode zu spekulieren. Darüber sind schon viele Bücher gefüllt und ist wenig an Gewißheiten ausgesprochen worden. Im Anhang sind einige Titel dazu aufgeführt. Deshalb nur dieser eine Hinweis: egal, wie Sie über das denken, was uns nach dem Tod erwartet – meist ist es auf lange Sicht hilfreicher, sich nicht so schnell wie möglich von einem verstorbenen nahen Angehörigen abzuwenden oder sich von ihm wegreißen zu lassen. Darin liegt die Gefahr, daß man die Trennung rasch aus der eigenen Realität verdrängt. Verdrängtes aber wirkt im Untergrund weiter. Auch wenn es anfangs viel schmerzhafter ist, kann es doch angemessen und auf Dauer heilsamer sein, bewußt durch einen langsameren Prozeß des Abschiednehmens zu gehen. Außerdem können Sie mit einer Aufbahrung zuhause auch Verwandten, Freunden und Nachbarn die Möglichkeit geben, vom Körper des Verstorbenen persönlich und in Ruhe Abschied zu nehmen. Trotzdem muß natürlich jeder für sich selbst entscheiden, wie er mit dem Körper seines Toten umgehen will.

Sie dürfen Ihren Toten offiziell bis zu 36 Stunden – also eineinhalb Tage – nach der ärztlichen Feststellung des Todes bei sich behalten. Diese Zeit läßt sich auf 72 Stunden ausdehnen, wenn das Gesundheitsamt zustimmt. Der Verstorbene muß allerdings in einem eigenen Raum untergebracht werden, in dem während der Aufbahrung niemand wohnt, schläft oder arbeitet.

Der Verstorbene kann so, wie er gestorben ist, in sein Bett gelegt und mit einem Laken zugedeckt werden. Sie können aber auch dem Bedürfnis nachgehen, Ihren Verstorbenen noch einmal zu waschen und schön zu machen. Allerdings sollten Sie sich dazu eine zweite Person zu Hilfe nehmen. Meist mußte der Tote ja schon beim Arztbesuch entkleidet werden.

Für die Waschung sollte man den Toten auf eine wasserundurchlässige Unterlage legen, zum Beispiel auf eine feste Malerfolie. Der Kopf sollte etwas erhöht liegen, damit sich in ihm kein Blut sammelt. Dann kann man den Körper mit kaltem Wasser und einem Waschlappen reinigen und sollte ihn gut wieder abtrocknen. Einerseits hilft eine solche Waschung, Bakterien zu entfernen, schlechte Gerüche zu vertreiben und Schimmelbildung zu verzögern. Andererseits aber kann man diese letzte Waschung gleichzeitig als eine Art liebevolles Reinigungsritual verstehen, in dem sich ein weiterer Schritt des Abschiednehmens vom toten Körper in seiner ganzen Nacktheit vollzieht. Diese Waschung ist dann nicht nur ein Akt der Hygiene, sondern zugleich auch eine Reinigung in übertragenem Sinne, in der das Wasser alle jene Flecken und Unreinheiten mit sich hinwegnimmt, die das Leben hinterließ.

Dazu kann dann auch gehören, daß man einer unwillkürlichen Entleerung von Blase und Darm vorbeugt, die allerdings nicht immer eintritt. Sie ist durch das Erschlaffen der Muskeln nach dem Tod bedingt. Man schiebt dafür eine flache Schüssel unter den Körper und streicht mit einem Tuch mit sanftem Druck den Bauchinhalt nach unten. So ist es auch bei den rituellen Waschungen im jüdischen oder muslimischen Glauben üblich.

Außerdem wird man den Verstorbenen vielleicht noch frisch rasieren und die Haare frisieren, um ihn oder sie so schön wie möglich zu machen.

Wenn der Verstorbene keinen bestimmten Wunsch geäußert hat, wird man ihn in jene Kleidungsstücke neu einkleiden, die man für passend hält. Das kann das weiße Hemd und der gute Anzug ebenso sein wie das elegante Kostüm oder das Lieblingsnachthemd.

Nur wenige Menschen sorgen heute noch so für ihren Tod vor, wie es manchmal aus früheren Zeiten erzählt wird. Damals zeigten ältere Verwandte den jüngeren ihr Totenhemd im hintersten Schrankfach. Es war selbstgenäht und für den Fall eines Falls zurechtgelegt. In der jüdischen Tradition ist dieser Brauch erhalten. Dort näht die Braut das Totenhemd für ihren künftigen Ehemann. Bei der Trauung tritt er in diesem Hemd vor den Priester, der die Ehe besiegelt, »bis daß der Tod Euch scheidet«. Daraus spricht ein Bewußtsein von der Endlichkeit menschlicher Beziehungen, das vielen Menschen heute fremd ist.

Nach dem Waschen und Ankleiden kann man den Verstorbenen in sein Bett legen, den Kopf ein wenig hochlagern und ein Laken überdecken, auf dem man die Hände übereinanderlegt. Oft ist es dann ein Bedürfnis, das Bett und das Totenzimmer noch mit Pflanzen, Blumen und Kerzen auszuschmücken.

Für die Aufbahrung zuhause oder in einer Leichenhalle kann man natürlich nicht nur einen Freund oder Verwandten, sondern auch ein Bestattungsunternehmen zu Hilfe rufen. Dessen Angestellte kommen ins Haus oder nehmen die Waschung und Einkleidung in einem Raum ihres Instituts oder der Leichenhalle vor. Auch dort kann man bestimmen, wie die Waschung vor sich gehen soll, und daran teilnehmen.

Die Vorgehensweise kann dabei von Bestatter zu Bestatter unterschiedlich sein. Deshalb kann hier nur aufgezählt werden, was im allgemeinen üblich zu sein scheint: Die Waschung wird mit kaltem Wasser und gegebenenfalls mit Chemikalien vollzogen. Außerdem können die Körperöffnungen (Augen, Ohren, Mund, Vagina und Anus) mit Wattebäuschen abgetupft werden, um die Feuchtigkeit zu entfernen. Männliche Verstorbene werden rasiert. Unter die Augenlider können Augenklappen eingelegt werden, damit die Augen geschlossen bleiben. Der Mund wird so geformt, daß er möglichst natürlich aussieht. Das kann durch Wattetampons, künstliche Prothesen oder dadurch geschehen, daß man die Lippen zunäht, zuhakt oder zuklebt.

Mit Make-up, Maniküre und Haarpflege wird der Verstorbene weiter verschönt. Am Schluß wird der ganze Körper massiert, um die Leichenstarre aufzuheben und die Elastizität und das natürliche Aussehen der Haut zu fördern. Auch Schwellungen sollen dadurch rückgängig gemacht werden. Die Toten werden auf diese Weise so hergerichtet, daß sie aussehen, als ob sie schliefen.

Wenn man den Toten nicht im seinem Bett aufbahren will oder kann, so stellen die Bestatter einen Sarg zur Verfügung, den sie im Totenzimmer aufstellen. Anhand von Katalogen kann man auch die Innenausstattung des Sarges und das Totenhemd auswählen; allerdings kann man dafür auch die eigene Wäsche benutzen – dazu unten mehr.

Spätestens nach der Aufbahrung ist es Zeit, alle jene Menschen zu benachrichtigen, die den Verstorbenen noch ein letztes Mal sehen möchten.

Auch wenn die eigenen körperlichen Wünsche und Bedürfnisse im Angesicht des Todes vielleicht zurückgetreten sind, so ist es doch wichtig und stärkt nicht nur den Leib, sondern auch auch die Seele, miteinander zu essen und zu trinken. Wenn Sie sich selbst nicht darum kümmern können oder wollen, bitten Sie Ihre Nächsten darum, etwas mitzubringen. Auch hier kann die jüdische und die islamische Tradition als Vorbild angesehen werden: In solchen Gemeinden kümmern sich die Nachbarn etwa eine Woche lang um die Familie eines Toten und nehmen ihr die Sorge um das leibliche Wohl ab.

Wenn Sie sich nicht an einen bestimmten religiösen Ritus gebunden fühlen, können Sie die Totenwache nach Ihren eigenen Vorstellungen gestalten. Vielleicht möchten Sie gemeinsam mit Ihren Verwandten und Freunden in Stille bei dem Toten bleiben. Vielleicht möchte jeder Zeit haben, um noch einmal ganz allein bei ihm zu sein. Vielleicht sprechen Sie allein oder gemeinsam Gebete, singen miteinander oder lesen einander solche Texte vor, die ihnen jetzt wichtig erscheinen. Einige Vorschläge sind im Anhang zusammengestellt. Vielleicht möchten Sie auch nur miteinander reden. Beim Austauschen von Erinnerungen kann dann der Verstorbene noch einmal mit allen Seiten seines Wesens gegenwärtig werden, können vergangene Episoden, mögen sie fröhlich oder traurig gewesen sein, wieder wachgerufen werden. Die Stimmung muß nicht immer traurig sein. Sie kann hin- und herschwanken, so wie das menschliche Leben nun einmal ist.

Dabei bleibt der Tod trotzdem in den ersten Tagen oft noch unwirklich. Manchmal entsteht das Gefühl: der Verstorbene ist noch da. Dann weiß man auf einmal mit einem plötzlichen Erschrecken: es stimmt nicht mehr. Nichts wird mehr so sein, wie es vorher war. In der Aufbahrungszeit ist dann sozusagen Raum gegeben, um die Wirklichkeit des Todes wenigstens ein Stück weit zu begreifen.

Aufbahrung an einem anderen Ort

Wenn die eigene Wohnung zu eng für eine Aufbahrung ist oder man aus anderen Gründen den Toten nicht bei sich zuhause behalten möchte, so gibt es die Möglichkeit, ihn an einem anderen Ort aufbahren zu lassen.

Das ist allerdings in Deutschland von Bundesland zu Bundesland etwas unterschiedlich geregelt. In manchen Bundesländern haben einzelne Bestattungsinstitute inzwischen selbst sogenannte Abschiedsräume eingerichtet. Sie bieten einen Rahmen, der der häuslichen Aufbahrung nahekommt.

Anderswo stehen nur kommunale Leichenhallen zur Verfügung, die sehr unterschiedlich gestaltet sein können. Das kann zum Beispiel eine große Halle sein, die durch Glaswände und Vorhänge unterteilt ist. Dort kann jeder sozusagen im Vorbeigehen die im Sarg liegenden Toten betrachten, wenn der entsprechende Vorhang zur Wandelhalle offen ist. Nur bei zugezogenen Vorhängen kann man mit seinem Verstorbenen allein bleiben. Mancherorts aber kann man seine Verstorbenen überhaupt nur durch eine Glaswand »besichtigen«. Anderswo gibt es schlichte Abschiedsräume, die meist relativ kahl und karg gehalten sind. Hier muß man sich nach den örtlichen Möglichkeiten richten. Wenn man sich darüber vor Eintritt eines Todesfalls informieren möchte, sollte man zum einem bei dem jeweiligen Landesverband des Bestattungsgewerbes nachfragen und sich zum anderen an die örtlichen Kirchengemeinden und/oder die kommunale Verwaltung – Abteilung: Friedhof und Bestattung – wenden.

Jede Aufbahrung, sei es in einer öffentlichen Leichenhalle oder im Abschiedsraum eines Bestatters, kostet Benutzungsgebühren.

- **Verstorbene müssen nach der ärztlichen Feststellung des Todes nicht sofort abgeholt werden. Sie müssen erst spätestens 36 Stunden – bei Verlängerung 72 Stunden – danach in eine Leichenhalle überführt werden.**
- **Der Arzt muß bescheinigen, daß gegen eine Aufbahrung zuhause aus medizinischer Sicht keine Bedenken bestehen.**
- **Die Aufbahrung muß in einem eigenen Raum stattfinden, in dem während dieser Zeit niemand wohnt, schläft oder arbeitet.**
- **Sie können den Toten selbst waschen, neu ankleiden und betten, um dann die Totenwache zu halten. Sie müssen dazu keine besonderen Leichenbesorger(innen) oder ein Bestattungsunternehmen hinzuziehen. Wenn sie einen Bestatter hinzuziehen wollen, können Sie an der Waschung teilnehmen und/oder die Art der Durchführung bestimmen.**
- **Die Aufbahrung in einer Leichenhalle ist möglich; sie kostet Benutzungsgebühren.**

Der tote Körper

Eine Aufbahrung zuhause oder die Totenwache in einer Leichenhalle kann – wie gesagt – helfen, den Tod in seiner ganzen Endgültigkeit als Realität wahrzunehmen. Mit dem Eintritt des Todes setzen alle jene Veränderungen im Körper ein, denen wir Menschen als Teil der sich ewig wandelnden irdischen Natur unterworfen sind. Wir leben in ihr und mit ihr in dem ewigen Kreislauf aus Geburt und Wachstum, Fruchtbarkeit und Reife hin zu Tod und Auflösung, aus denen wieder Neues entsteht.

Viele jüngere Erwachsene haben noch nie an einem Totenbett gestanden. Sie kennen den Anblick eines toten Menschen nur aus den Medien. Dort werden mit besonderer Vorliebe Menschen gezeigt, die gewaltsam zu Tode gekommen sind. Ihre bildliche Realität und die tägliche Nachrichten- und Bilderflut von dem tausendfachen gewaltsamen Sterben auf der Erde erwecken ständig unsere Ängste und suggerieren, daß der Tod stets gewaltsam und schrecklich ist. Dieser Eindruck bleibt selbst dann, wenn wir wissen, daß zumindest in den Filmen nur Schauspieler als Leichen hergerichtet werden, die nach der Szene wieder aufstehen und weiterleben. Daß ein toter Körper – wie der Tod selbst – etwas Natürliches sein kann, erscheint kaum mehr vorstellbar. So kann eine irrationale Angst vor dem Leichnam entstehen, die es verhindert, sich der Realität des Todes auszusetzen.

Sicher spielen noch andere Gründe eine Rolle, warum es heute vielen Menschen schwer oder unmöglich ist, einen Verstorbenen und damit auch den Tod mit einer Aufbahrung in das eigene Leben mit hineinzunehmen. Mir scheint zum Beispiel, daß in unserer Alltagswelt – im Gegensatz zur Medienwelt – ein uneingestandenes gesellschaftliches Tabu besteht, das es verbietet, sich allzu sehr mit dem Tod und besonders mit Leichen zu beschäftigen. Mit dem Wunsch nach einer längeren Aufbahrungszeit zuhause läuft man unter der Oberfläche leicht Gefahr, dieses Tabu zu brechen, wobei die Folgen nicht abschätzbar sind.

In erster Linie gelten diese Aussagen für Großstadtbewohner, während es auf dem Land manchmal noch ungebrochene Traditionen gibt, die eine offene Aufbahrung verlangen. In der Stadt aber kann eine Aufbahrung zu einer erneuten Auseinandersetzung auch der Nachbarn und Freunde mit diesem wichtigen Lebensthema und damit weit über den konkreten Abschied hinaus führen.

Mit dem Tod setzt der Verfall des menschlichen Körpers ein: »Das Leben erfüllt Organe und Gewebe mit pulsierender Energie und unser Bewußtsein mit dem Stolz darauf, lebendig zu sein. Wenn es uns verläßt, ... bleiben wir oft mit einem Objekt von befremdlicher Unwirklichkeit zurück.« So beschreibt es der Arzt Sherwin B. Nuland in seinem Buch »Wie wir sterben« und erzählt dann von dem Tod seiner Großmutter: »Vieles wäre an jenem Tag leichter und die Erinnerung wäre weniger qualvoll gewesen, hätte ich damals gewußt, daß nicht nur meine Großmutter kleiner wurde, sondern jeder Verstorbene. Wenn der Geist den Körper verläßt, gehen mit ihm auch die schwellenden Kräfte des Lebens. Was bleibt, ist ein seelenloses Bündel aus Fleisch und Knochen, das an unserem Menschsein nur den geringsten Anteil hat« (Nuland, S. 107f).

Mit dem Verlust der Lebendigkeit fallen die Muskeln ein, die Knochen treten – besonders im Gesicht – stärker hervor. Die Haut wird blaß und blutleer. Der Körper erkaltet. Der Mensch sieht wie eine leblose Wachspuppe aus. Mit der Zeit kann die Totenblässe eine gelbliche Farbe annehmen. Auf dem Körper können sich bläulich-lila Flecken bilden. Der Körper kann sogar ganz und gar diese Farbe annehmen. Solche Veränderungen sind zum Teil vom gesundheitlichen Zustand des Verstorbenen abhängig. Wurden viele verschiedene Medikamente in hohen Dosen eingenommen oder verabreicht, setzen besonders die Farbveränderungen schneller ein.

Nach einiger Zeit beginnt dann die Totenstarre. Wann sie genau einsetzt und wie lange sie anhält, wann sich also die Muskeln wieder lösen und weich werden, ist sehr unterschiedlich. Es ist sowohl von der Raumtemperatur wie vom körperlichen Zustand des Verstorbenen abhängig. Man rechnet im allgemeinen damit, daß die Totenstarre etwa sechs Stunden nach dem Tod eintritt. Bei Wärme kann sie aber auch schon früher, etwa zwei bis drei Stunden nach dem Tod, beginnen. Sie fängt an den am stärksten beanspruchten Muskeln wie Unterkiefer, Nacken und Gelenken an. Wird die Starre gewaltsam gelöst, so kommt sie wieder. Die Totenstarre löst sich nach zwei bis drei Tagen von selbst. Manchmal kann sie aber auch länger anhalten, besonders bei Temperaturen unter fünf Grad Celsius (Thomas, S. 145).

Am deutlichsten kann sich in dieser Zeit das Gesicht noch einmal verändern. Verkrampfte Züge können einen entspannten Ausdruck annehmen. Ein Anflug von Lächeln kann um den Mund erscheinen. Manchmal geht trotz eines schweren Todeskampfes ein gewisser schlafähnlicher Friede von dem Anblick des Aufgebahrten aus.

Wenn der Verstorbene nicht an einer ansteckenden Krankheit gelitten hat, besteht in den ersten Tagen nach dem Tod keinerlei Gefahr im Umgang mit ihm. Sogenanntes Leichengift im eigentlichen Sinne des Wortes gibt es nicht, auch wenn seine Existenz immer wieder behauptet wird. Auch menschliche tote Körper bestehen aus Fleisch, Fettgewebe und Knochen. Jede Hausfrau weiß, daß man mit dem Fleisch von Tieren umgehen kann, ohne befürchten zu müssen, daß man sich vergiftet.

Durch die beginnende Zersetzung des Fleisches gibt es natürlich auch bei Verstorbenen eine gewisse Geruchsbildung. Sie strömen mit der Zeit einen leicht süßlichen, fauligen Geruch aus. Im Sommer kann es dann wichtig sein, den Leichnam so kühl wie möglich zu halten. Dazu kann man zum Beispiel Eisbeutel benutzen.

Auch wenn es kein Leichengift gibt, soll die Ansteckungsgefahr nicht heruntergespielt werden: Ein Toter kann ebenso wie ein Lebender eine gefährliche Infektionsquelle sein, wenn er an einer leicht übertragbaren Krankheit gelitten hat (wie zum Beispiel einer offenen Tuberkulose oder Typhus). Deshalb muß man sich gegenüber jedem Toten, der an einer übertragbaren Krankheit gelitten hat, ebenso vorsichtig verhalten wie gegenüber einem Lebenden.

Nur bei einer Infektionskrankheit muß man unbedingt vermeiden, mit der Haut und den Körperausscheidungen in direkten Kontakt zu kommen. Man sollte Vorsichtsmaßnahmen treffen: die Hände mit Einmalhandschuhen schützen, die in jedem »Erste-Hilfe-Koffer« vorgeschrieben sind; nach der Berührung des Toten gründlich die Hände waschen und die Oberbekleidung möglichst sofort wechseln und in die Wäsche geben.

Gerade auch wegen einer möglichen Ansteckungsgefahr ist aber die ärztliche Leichenschau eingerichtet worden. Hat eine gefährliche meldepflichtige Krankheit zum Tode geführt, so wird der Arzt eine offene Aufbahrung untersagen. Dann darf der Tote auch nicht mehr gewaschen, rasiert oder frisiert werden. Der Bestatter muß ihn unverzüglich in einen Desinfektionssack aus Plastik einhüllen. Der Sarg muß unten abgedichtet und mit einer Schicht saugfähiger Stoffe aufgefüllt sein. Er wird sofort nach der Einbettung geschlossen und darf nicht mehr geöffnet werden.

Allerdings ist diese Gefahr nur in seltenen Fällen so groß, daß man sich überhaupt nicht selbst um seinen Verstorbenen kümmern darf. Berücksichtigt man die notwendigen Hygieneregeln, so ist eine Ansteckung nicht zu befürchten. Das gilt im übrigen auch für solche Infektionskrankheiten, mit denen man nur durch einen Austausch von Körpersekreten infiziert werden kann, wie zum Beispiel Aids oder Hepatitis. Hier muß man sich zwar davor schützen, mit der Körperflüssigkeit des Verstorbenen in Berührung zu geraten, wenn man – zum Beispiel an den Händen – eine offene Wunde hat. Ansonsten aber sind auch diese Verstorbenen im Tod nicht ansteckender als im Leben. Als Vorsichtsmaßnahme gilt also auch hier, daß man Einmalhandschuhe benutzen sollte. Allerdings ist es in solch einem Fall ratsam, einen Bestatter hinzuzuziehen. Doch sei noch einmal betont, daß die meisten Menschen nicht an ansteckenden Krankheiten sterben.

- **Der Körper verändert sich im Tod. Er wird wächsern. Es können gelbe bis lila Verfärbungen der Haut auftreten.**
- **Nach einiger Zeit setzt die Totenstarre ein. Ihre Dauer hängt von verschiedenen Faktoren ab: Raumtemperatur, körperlicher Zustand u.a. Sie beginnt etwa sechs Stunden nach dem Tod und dauert zwei bis drei Tage.**
- **Leichengift gibt es nicht. Ein Leichnam bildet keine Gesundheitsgefahr, wenn keine ansteckende Krankheit vorlag.**
- **Bei Toten mit ansteckenden Krankheiten muß man hygienische Vorsichtsmaßnahmen treffen. In diesem Fall kann der Arzt, der den Totenschein ausstellt, eine Aufbahrung untersagen. Dann muß ein Bestattungsinstitut eingeschaltet werden.**

Totenmaske

In früheren Zeiten war im Gegensatz zu heute die Aufbahrung zuhause meist dann die Regel, wenn eine Familie die entsprechenden räumlichen Möglichkeiten dazu hatte. Vor dem Aufkommen der Fotografie gab es zudem die Sitte, von dem Gesicht des Verstorbenen eine Totenmaske abzunehmen. So konnte sein Antlitz, das oft einen besonders friedlichen Ausdruck trug, für die Angehörigen oder – bei berühmten Persönlichkeiten – für die Nachwelt bewahrt werden.

Als sich gegen Ende des 19. Jahrhunderts die Fotografie immer weiter verbreitete, ließ man die Toten in ihrem Bett oder ihrem offenen Sarg auch gern ablichten. Bei diesen Fotos fällt der stille Ausdruck auf den Gesichtern der Verstorbenen auf, der die beängstigenden Berichte von verzerrten Zügen und schrecklichen Todeskämpfen Lügen straft.

Heute kann man natürlich selbst seinen Angehörigen auf dem Totenbett fotografieren oder einen Fotografen damit beauftragen. Man kann auch selbst eine Totenmaske abnehmen (siehe die Anleitung im Anhang) oder sie von einem Bildhauer oder Steinmetz abnehmen lassen.

»modern embalming«

Einzelne Bestatter haben sich in der Technik der Einbalsamierung fortgebildet, die in angelsächsischen Ländern und auch in Frankreich weiter verbreitet ist als in Deutschland. Man nennt diese Technik auch Thanatopraxie (griechisch: thanatos = Tod; praxein = handeln, tun) oder »modern embalming«.

Thanatopraktiker – auch die Bezeichnung »Thanatologen« wird manchmal verwandt, obwohl damit eigentlich etwas anderes gemeint ist – stellen sich allerdings nicht in den Dienst einer Einbalsamierung für die Ewigkeit, sondern bieten ihre Kunst an, um die Verstorbenen für eine gewisse Zeitspanne vor der Verwesung zu bewahren und ihnen ein Aussehen zu geben, das dem im Schlaf ähnelt. Damit wollen sie Angehörigen die Möglichkeit zu einem Abschied ohne Angst geben, auch wenn schon einige Zeit nach dem Tod verstrichen ist.

Besonders wenn Angehörige von weither zur Bestattung anreisen, oder wenn ein Unfall das Gesicht des Toten entstellt hat, kann diese Tätigkeit hilfreich sein. Diese Bestatter haben sich im Verband deutscher Thanatologen e.V. zusammengeschlossen.

Es sei aber erlaubt, zu der modernen Praktik der Einbalsamierung verschiedene Meinungen darzustellen: Manche Menschen erschrecken nämlich eher vor einer sozusagen herausgeputzten und geschminkten Leiche, der möglicherweise auch noch der Mund zugeklebt worden ist. Sie haben das Gefühl, daß dort ein völlig fremder Mensch liegt, dessen früheres Sein mit dieser »Ausstaffierung« nichts mehr zu tun hat.

Andere wiederum beruhigt und erleichtert es, ihren Toten noch ein letztes Mal »wie im Leben« und ohne Verfallszeichen oder Entstellungen zu sehen.

Überführung

Wie gesagt, ist eine Aufbahrung zuhause heute in den Großstädten ziemlich selten geworden. Die meisten Menschen rufen – spätestens, nachdem der Arzt gekommen ist und den Tod festgestellt hat – ein Bestattungsunternehmen an. Damit überlassen sie es Fachleuten, sich weiter um ihren Angehörigen zu kümmern. Sie lassen ihn so schnell wie möglich abholen, oft ohne danach zu fragen, wohin die Toten in ihrer Stadt eigentlich gebracht werden.

Tatsächlich muß man ein Bestattungsunternehmen oder ein Unternehmen, das auf den Transport Verstorbener spezialisiert ist, zum ersten Mal dann einschalten, wenn ein Toter vom Ort seines Todes anderswohin – egal ob innerhalb einer Stadt oder in eine andere – gebracht werden soll. Verstorbene dürfen in Deutschland nur in einem speziellen Leichenwagen transportiert werden, der für keinen anderen Zweck benutzt werden darf.

Das Bestattungsunternehmen wird als erstes zwei oder mehr Mitarbeiter ins Haus schicken, die sich sofort um den Toten kümmern. Vorher werden sie allerdings die Todesbescheinigung sehen wollen und sie auch an sich nehmen, wenn Sie nicht darauf bestehen, den Todesfall selbst beim zuständigen Standesamt anzuzeigen.

Wenn der Sarg nicht schon vorher ausgesucht wurde, bringen die Angestellten oder der Unternehmer einen Überführungssarg aus Fiberglas, Leichtmetall oder leichtem Holz mit. Sie bocken ihn in dem Zimmer auf, wo der Tote liegt. Dann öffnen sie den Sarg und legen ein Laken und ein Kissen hinein. Wenn Sie es gern möchten, können Sie auch hier Ihre eigene Wäsche verwenden lassen.

Manche Bestatter ziehen sich vorsorglich Schutzhandschuhe und weiße Kittel über, andere bleiben in ihrer normalen Kleidung, wenn sie dann den Toten mit geübten Griffen anheben und in den Sarg betten. Diese Einbettung sollte so pietätvoll wie möglich vor sich gehen.

Vielleicht möchten Sie Ihrem Angehörigen noch eine Blume, einen Brief, ein religiöses Symbol oder ein anderes Zeichen Ihrer Liebe mitgeben? Scheuen Sie sich nicht, es in seine Hände oder auf seine Brust zu legen. Vielleicht denken Sie auch noch an den persönlichen Schmuck des Toten und nehmen zum Beispiel den Ehering als Andenken an sich.

Zum Schluß wird das Laken über dem Toten zusammengeschlagen. Der Sargdeckel wird wieder aufgesetzt und verschraubt. Danach ziehen die Bestatter ihre Kittel und Handschuhe aus, reinigen sich die Hände und tragen den Sarg aus dem Haus in den Leichenwagen. Der Tote wird in die zuständige Leichenhalle gefahren, wo er zusammen mit anderen Verstorbenen bis zur Bestattung aufbewahrt wird.

Holen die Bestatter den Verstorbenen allerdings aus dem Krankenhaus ab, und es ist kein Angehöriger dabei, so kann die Überführung auch weniger pietätvoll vor sich gehen. Dann wird der Tote vielleicht einfach mitsamt seinem Bettlaken und in der Stellung, in der er gestorben ist, in einen Überführungssarg gehievt. In der Leichenhalle wird er dann auf eine flache Aluminiumtrage umgebettet und in die Kühlkammer geschoben, in der mehrere Leichen in Schränken auf ihre Bestattung warten.

Möglicherweise wird ein Berater oder eine Beraterin des Bestattungsunternehmens gleich nach dem Einsargen mit Ihnen besprechen wollen, wie die Trauerfeier vor sich gehen soll. Wenn Sie nach dem Tod so schnell wie möglich einen Bestatter angerufen haben, so sollten Sie sich gut überlegen, ob Sie dieses Gespräch wirklich im Anschluß an die Abholung Ihres Verstorbenen durchführen wollen. Sie können es ohne Schwierigkeiten auf den nächsten Tag verschieben. Ein gutes Bestattungsunternehmen wird sie nicht dazu nötigen, alle Entscheidungen sofort zu treffen.

- **Verstorbene dürfen nur in einem Leichenwagen transportiert werden. Deshalb müssen Sie für die Überführung ein Bestattungs- oder ein Leichentransportunternehmen beauftragen.**
- **Lassen Sie sich nicht dazu drängen, sofort nach der Überführung die Trauerfeier festzulegen und den Sarg auszusuchen, wenn Ihnen zu diesem Zeitpunkt noch nicht danach zumute ist.**

Die Sterbeurkunde

»Der Tod eines Menschen muß dem Standesbeamten, in dessen Bezirk er gestorben ist, spätestens am folgenden Werktag angezeigt werden.« So heißt es im Personenstandsgesetz (Fassung vom 8. 8. 1957, §§ 32–39 [Sterbebuch]). Danach ist zuerst das Familienhaupt zur Anzeige verpflichtet, dann derjenige, in dessen Wohnung sich der Sterbefall ereignet hat, und des weiteren jede Person, »die bei dem Tod zugegen war oder von dem Sterbefall aus eigener Wissenschaft unterrichtet ist«.

Beim Tod in einer öffentlichen Anstalt, also einem Krankenhaus, Pflegeheim oder ähnlichem, ist ausschließlich der Leiter der Anstalt bzw. ein vom ihm ermächtigter Mitarbeiter zur Sterbefallanzeige beim Standesamt verpflichtet. Wenn eine amtliche Ermittlung über den Tod stattfindet, wird die zuständige Behörde – also Polizei oder Gerichtsmedizin – den Sterbefall anzeigen.

Im Klartext heißt das:

- Wenn der Tod im Krankenhaus oder Pflegeheim stattgefunden hat, brauchen die Angehörigen meistens nicht selbst tätig zu werden. Sie müssen aber die entsprechenden Unterlagen zur Verfügung stellen.
- Wenn der Tod zuhause stattgefunden hat, kann jeder Angehörige

oder Freund, der den Verstorbenen gesehen hat, zum Standesamt gehen und den Tod anzeigen.

Für eine Sterbefallanzeige benötigt man folgende amtliche Unterlagen:

- a) die ärztliche Todesbescheinigung sowie b)
- – bei Kindern und Ledigen: Elternstammbuch bzw. Geburtsurkunde;
- – bei Verheirateten: Familienstammbuch oder Heiratsurkunde;
- – bei Geschiedenen oder Verwitweten: Nachweis über die Ehescheidung bzw. über den Tod des letzten Ehepartners.

Der Beamte trägt folgende Angaben in das Sterbebuch des Standesamtes ein:

- Name des Verstorbenen, Beruf und Wohnort, Ort und Tag der Geburt und – mit dem Einverständnis des Anzeigenden – Religionszugehörigkeit;
- Name des Ehegatten bzw. Vermerk über den Familienstand;
- Ort, Tag und Stunde des Todes;
- Name des Anzeigenden mit Beruf und Wohnort.

Dieser Eintrag wird vom Standesbeamten und vom Anzeigenden unterschrieben.

Außerdem fertigt der Beamte kostenlos die Bestattungsgenehmigung für den Friedhof oder das Krematorium und zwei Sterbeurkunden aus. Alle weiteren Exemplare der Sterbeurkunde kosten eine geringe Gebühr. Diese Urkunde ist besonders für die Abwicklung der finanziellen Angelegenheiten des Verstorbenen unverzichtbar. Deshalb ist es gut, sich gleich mehrere Exemplare (etwa fünf bis sechs) ausstellen zu lassen.

Vor der Eintragung des Sterbefalls darf der Verstorbene nur in Ausnahmefällen bestattet werden.

- **Der Tod muß beim Standesamt angezeigt werden. Zuständig ist das Standesamt am Sterbeort. Dort werden die Sterbeurkunden und die Bestattungsgenehmigung ausgestellt.**
- **Jeder kann diese Anzeige machen, wenn er vom Tod eigene**

Kenntnis hat. Dafür muß man bestimmte amtliche Unterlagen mitnehmen.

- Vor der Eintragung des Sterbefalls darf der Verstorbene nur in Ausnahmefällen bestattet werden.

Du bist gegangen, und wir gehn dir alle nach;
Du gingst zur Ruh', und wir sind noch ein Weilchen wach.
Vielmehr wir schlafen noch, du bist vom Traum erwacht;
O Leben, Spreu und Wind, o schwerer Traum der Nacht!
Was ist's, das weiter wir hier zu besorgen haben,
Als ein das andere anständig zu begraben!

FRIEDRICH RÜCKERT
aus: Weisheit des Brahmanen

Bestattung und Friedhof

Von der Vorsorge

Die meisten Menschen in unserem Kulturkreis verdrängen den Gedanken an den eigenen Tod gern. Deshalb wird in den Familien und Lebensgemeinschaften nur selten offen darüber gesprochen, wie man einmal bestattet werden möchte. Das Thema ist allen unangenehm und oft auch peinlich. Man wischt es lieber mit ein paar belanglosen Worten vom Tisch.

Wenn der Tod eingetreten ist, erschwert gerade diese Sprachlosigkeit den Hinterbliebenen, angemessen für Bestattung und Trauerfeier zu sorgen. Sie sind auf einmal allein und beginnen, sich Gedanken zu machen, wie es dem Verstorbenen wohl recht gewesen wäre, welche Wünsche, Vorlieben und Abneigungen er oder sie gehabt hat. Dieses Sich-hinein-Versetzen in die Gedankenwelt des gerade verlorenen Menschen ist leicht mit schmerzlichen Erinnerungen verknüpft. Gibt es mehrere Angehörige, so können auch noch verschiedene Meinungen auftreten, und in der seelisch angespannten Situtation entstehen daraus möglicherweise heftige und unerfreuliche Streitereien, die manch eine Familie endgültig auseinanderreißen können.

Hat man die weltlichen Dinge, die zur Bestattung gehören, schon frühzeitig miteinander festgelegt, kann das die Zeit des Abschieds wesentlich erleichtern. Wenn man nicht miteinander sprechen mag und/oder sichergehen will, daß die eigenen Wünsche erfüllt werden, sollte man sie schriftlich niederlegen und so aufbewahren, daß die anderen wissen, wo die Antworten im Todesfall zu finden sind.

Man braucht keine besondere Form zu wahren, sondern kann einfach aufschreiben, was man sich selbst wünscht. Man sollte dieses Schriftstück eigenhändig aufsetzen, den Text unterschreiben und Orts- und Datumsangabe nicht vergessen. Um alles aufschreiben zu können, muß man eine Reihe von Fragen klären, zu denen im folgenden mehr gesagt werden soll.

Ich möchte jedem dazu raten, sich diesen Gedanken zu stellen – auch wenn sie vielleicht im ersten Augenblick erschreckend wirken. Man sollte auch ruhig in einer stillen Stunde mit seinem Lebenspartner oder anderen Menschen, die einem nahestehen, über den Tod sprechen. Wir wissen nicht, wann wir sterben werden, und wir tun zumindest unseren Angehörigen einen Liebesdienst, wenn wir ihnen durch klare Anweisungen den rein praktischen Teil des Abschiednehmens erleichtern.

So habe ich es wenigstens empfunden, als meine Schwiegermutter starb, die unsere Familie als liebevolle Oma begleitet hatte. Sie hatte in den schweren Jahren des Zweiten Weltkriegs ihre engsten Angehörigen verloren; dreißig Jahre später starb ihr Mann. Sie wußte, was auf sie und uns zukommen würde. Schon Jahre bevor sie mit ihrem nahen Ende rechnete, legte sie ihr Begräbnis fest. Sie hatte zudem schon beim Tod ihres Mannes ein Doppelgrab für ihn und für sich erworben. Diese Vor- und Fürsorge vereinfachte uns dann die vielen Einzelheiten, als sie – nicht unerwartet, aber dennoch plötzlich – starb. Wir wußten wenigstens: Genau so, wie wir es machten, hatte sie ihre Beerdigung gewollt. Es war ein gutes Gefühl, ihren letzten Wünschen folgen zu dürfen.

Bestattungsunternehmen bieten Vorsorgeverträge an, mit denen man schriftlich die Art und Ausstattung des eigenen Begräbnisses festlegen kann. Mit dem Vertragsabschluß ist eine Zahlung in Höhe der anfallenden Kosten auf ein verzinstes Sparbuch des Bestattungsunternehmens verbunden. Das Geld liegt bis zum Todesfall fest, um dann zur Bestreitung der Bestattungskosten zu dienen. Der Vertrag ist kündbar, und man kann ihn natürlich jederzeit verändern.

Bestattungspflicht und Bestattungszwang

Gesetzlich haben, wie schon gesagt, die engsten Angehörigen in fast allen Bundesländern das Recht und die Pflicht, ihre Verstorbenen zu bestatten, auch wenn sie nicht die Erben sind. Die engsten Angehörigen sind – in absteigender Reihenfolge – der Ehepartner, die Kinder, die Eltern und Geschwister, danach die entfernteren Verwandten. Die Bestattungspflicht geht dabei auf den über, der zeitlich und räumlich am nächsten ist.

Die einzige Ausnahme macht das rheinland-pfälzische Bestattungsrecht: Dort haben vorrangig die Erben die Entscheidungen über die Bestattung zu fällen. Erst wenn sie nicht rechtzeitig erreichbar sind, geht dieses Recht auf die Angehörigen über. Nur das hamburgische Bestattungsrecht bezieht übrigens auch die Lebensgefährten in den Kreis der Bestattungspflichtigen und Bestimmungsberechtigten mit ein.

Probleme kann es mit der gesetzlichen Regelung immer dann geben, wenn Partner ohne Trauschein zusammenleben. Dann haben die Angehörigen sozusagen ein gesetzliches Anrecht auf den Verstorbenen und können, wenn sie wollen, den Lebenspartner völlig ausschließen. Wenn man in einer eheähnlichen Beziehung lebt und solchen Schwierigkeiten vorbeugen will, sollte man seine Wünsche in bezug auf die eigene Bestattung unbedingt schriftlich in Form eines Testamentes festlegen und auch denjenigen benennen, der sich um die Bestattung kümmern soll.

Manchmal kommt es auch zwischen den Hinterbliebenen, seien es nun Angehörige oder Erben außerhalb der Familie, zu Auseinandersetzungen um die Art der Bestattung. Die Möglichkeit, die Wünsche des Verstorbenen in bezug auf seine Bestattung in so einem Fall rechtlich durchzusetzen, ist auch dann nur gegeben, wenn sie testamentarisch festgelegt sind. Ansonsten vertraut zumindest der Gesetzgeber auf das Pietätsgefühl der Hinterbliebenen.

Jeder Mensch hat das Recht, für den Fall seines Todes Anordnungen über den Ort und die Art seiner Bestattung zu treffen und eine bestimmte Person damit zu betrauen, die Ortswahl und die Ausführung der Bestattung zu übernehmen (Gaedke, S. 121). Wenn man hier Schwierigkeiten vorhersieht, sollte man einen Notar und/oder Bestatter zu Rate ziehen.

Wer über eine Bestattung bestimmt, hat auch die Verpflichtung, diese so zu gestalten, wie es entweder den Vorstellungen oder dem gesellschaftlichen Status des Verstorbenen entspricht. Nur wenn es keine Angehörigen gibt oder wenn sie – aus welchen Gründen auch immer – nicht dazu in der Lage sind, wird die entsprechende örtliche Behörde diese Aufgabe übernehmen (Ordnungsbehörde, Sozialbehörde oder Friedhofsamt). Nicht immer muß derjenige, der eine Bestattung veranlaßt, auch die Kosten dafür übernehmen. Darüber und über die sogenannten Sozialbestattungen wird weiter unten und im Anhang mehr gesagt.

Für die Frist, innerhalb derer die Bestattung durchgeführt sein soll, gibt es in den Ländergesetzen etwas unterschiedliche Zeiträume: Im allgemeinen dürfen Tote frühestens nach zwei Tagen (nach Ablauf von 48 Stunden) und müssen innerhalb von vier Tagen (vor Ablauf von 96 Stunden) nach der Feststellung des Todes entweder bestattet oder in eine Leichenhalle überführt werden. Nur in den neuen Bundesländern muß die Bestattung beziehungsweise Überführung innerhalb von sechs, in Rheinland-Pfalz innerhalb von sieben, in Nordrhein-Westfalen und im Saarland innerhalb von fünf Tagen erfolgen.

In Deutschland gibt es aber nicht nur die Bestattungspflicht, es besteht auch ein gesetzlicher »Bestattungs- und Friedhofszwang«: Jeder Verstorbene und jede Asche eines Verstorbenen muß auf einem öffentlichen Bestattungsplatz, also einem kommunalen oder kirchlichen Friedhof, an einer ausgewiesenen Stelle im Meer oder – in Ausnahmefällen – auf einem privaten Begräbnisplatz beigesetzt werden, dessen Anlage und Unterhaltung genehmigt ist. Es ist in Deutschland nicht erlaubt, Verstorbene anderswo beizusetzen, ihre Asche bei sich zuhause aufzubewahren oder irgendwo im Freien zu verstreuen.

Bestattung eines totgeborenen Babys

Auch Babys, die nach dem sechsten Schwangerschaftsmonat tot geboren werden, unterliegen diesem Bestattungs- und Friedhofszwang. Nur Totgeborene mit einer Größe bis zu 35 Zentimeter oder einem Gewicht unter 1000 Gramm – die Gesetze sind in den einzelnen Bundesländern etwas unterschiedlich; in Bayern liegt die Grenze bei 500 Gramm – sind davon ausgenommen. Aber auch diese Babys können auf einem Friedhof bestattet werden, wenn die Eltern ein Begräbnis wünschen. Andernfalls sollen Fehlgeburten – wie übrigens auch abgetrennte Körperteile – vom Krankenhaus »unverzüglich hygienisch einwandfrei und dem sittlichen Empfinden entsprechend« beseitigt werden, wie es in den Gesetzen heißt (Gaedke, S. 113).

Manchmal machen sich Eltern im ersten Schmerz um den Verlust eines langersehnten Babys nicht richtig klar, was es bedeutet, wenn sie auf eine Bestattung verzichten. Erst später erkennen sie, daß es keinen Ort gibt, an dem sie um ihre verlorene Hoffnung trauern können. Dann kann ihnen auch schmerzlich bewußt werden, daß sie nicht wissen, was mit ihrem Kind – auch wenn es noch so klein war – überhaupt geschehen ist.

Eltern sollten deshalb die Gelegenheit erhalten – oder sie suchen, wenn es ihnen in einem solchen Augenblick denn möglich ist –, von ihrem toten Baby bewußt Abschied zu nehmen. Sie können es noch einmal im Arm halten, es richtig ansehen, es vielleicht auch waschen und neu einkleiden. Erst dadurch werden sie in den meisten Fällen wirklich begreifen können, daß dieses winzige und einzigartige Kind nicht ins Leben gekommen ist.

Ihre verlorene Hoffnung auf ein neues Leben kann dann darin einen gewissen Abschluß finden, daß sie für eine richtige Bestattung mit Sarg und Grabstätte sorgen. Auch wenn eine solche Bestattung vielleicht im Ort oder für das Krankenhaus unüblich ist, kann es also sehr wichtig sein, das Totgeborene nicht einfach einer medizinischen Institution zu überlassen.

- **Man kann vorsorgen, indem man entweder frühzeitig schriftlich festlegt, wie man sich die eigene Bestattung wünscht, oder einen Vorsorgevertrag abschließt. Das erleichtert den Leidtragenden ihre schwere Aufgabe der inneren und äußeren Trennung.**
- **Die nächsten Angehörigen sind verpflichtet, ihre Verstorbenen zu**

bestatten. Im Notfall muß die örtlich zuständige Behörde diese Verpflichtung übernehmen.

- Jeder Verstorbene und jede Asche eines Verstorbenen muß auf einem öffentlichen Bestattungsplatz beigesetzt werden. Nur totgeborene Kinder mit einer Größe bis zu 35 Zentimeter oder einem Gewicht bis zu 1000 Gramm sind davon ausgenommen.
- Verstorbene dürfen frühestens nach Ablauf von zwei Tagen und müssen vor Ablauf von vier Tagen nach der ärztlichen Todesfeststellung bestattet oder in eine öffentliche Leichenhalle überführt werden. In einigen Bundesländern gelten etwas andere Fristen.
- Verzichten Sie nicht unüberlegt auf die Bestattung eines totgeborenen Babys, auch wenn es die Mindestgröße, ab der eine Bestattung vorgeschrieben ist, noch nicht erreicht hat. Vielleicht fehlt Ihnen sonst später ein Ort für Ihre Trauer.

Aufgaben des Bestatters

Bevor ich auf den Ablauf der Bestattung eingehe, möchte ich einerseits einige Gedanken und Informationen über den Beruf des Bestatters einschieben, andererseits in einem kurzen Exkurs auf die Geschichte der Bestattung eingehen.

Bestattern und zugleich allen anderen, die mit Toten beruflich zu tun haben, haftet leicht etwas Unheimliches an. In einer Zeitung fand ich es so beschrieben: »Vielleicht sind es die unbewußten Ängste gegenüber denen, die das tun, was sich in unserem scheinbar so rationalen Kulturkreis niemand vorstellen mag: die Toten berühren, die Leichen versorgen, die Körper waschen. Das alles macht den Bestatter noch heute zum Außenseiter. Es ist kein Zufall, daß die Karikatur des geldgierigen ›Undertakers‹ mit dem Geier auf der Schulter die Phantasie nicht nur derjenigen beflügelt, die gern Lucky-Luke-Hefte lesen« (Hamburger Rundschau, 15. 11. 1996).

Bestatter, Friedhofsmitarbeiter, Arbeiter in Leichenhallen und Krematorien, sie alle erfahren sich leicht als Außenseiter in unserer Gesellschaft und geben manchmal sogar in ihrem Freundeskreis nur ungern ihren Beruf bekannt. Außerdem führt die allgemeine

Unkenntnis dazu, daß gegenüber diesen Berufen ein gewisses Mißtrauen herrscht.

Auf der anderen Seite gibt es aber bisher keine gesetzlich geregelten Ausbildungsgrundsätze für Bestatter. Derzeit kann jeder, der sich einen Gewerbeschein besorgt, ein solches Unternehmen eröffnen.

Allerdings versucht der »Bundesverband des deutschen Bestattungsgewerbes«, der schon 1957 gegründet wurde, die fehlende gesetzliche Ausbildungsordnung durch eigene freiwillige Fachprüfungen zu ersetzen. »Fachgeprüfte« Bestatter sind berechtigt, das Zeichen des Bundesverbandes – ein Sarg vor drei Kirchenfenstern – zu führen. In größeren Städten gibt es außerdem eine Zulassungsprüfung bei den Verwaltungsbehörden der Friedhöfe, die sich hauptsächlich um rechtliche Fragen dreht. Zur Zeit bemüht sich der Verband darum, sein Berufsbild als Handwerk anerkennen zu lassen und damit eine Gesellen- und Meisterprüfung für Bestatter zu ermöglichen. Außerdem übt der Bundesverband, der auf Länderebene untergliedert ist, eine gewisse Überwachungstätigkeit aus und prangert in seinem Verbandsblatt negative Praktiken an. Daneben gibt es zwei weitere Berufsverbände von Bestattern: den »Verband deutscher Bestattungsunternehmen e.V.« und den »Bund freier Bestatter Deutschlands e.V.«. Im »Verband deutscher Thanatologen e.V.« kümmert man sich, wie oben erwähnt, besonders um moderne Formen der Einbalsamierung, die eine offene Aufbahrung Verstorbener eine längere Zeit nach dem Tod ermöglichen. Das soll allerdings nicht heißen, daß es nicht auch außerhalb der Verbände zuverlässige Bestattungsinstitute geben kann.

Einen Bestatter zu sich zu rufen, ist stets eine Vertrauensfrage. Wenn man niemanden kennt, sollte man sich auf jeden Fall vor Vertragsabschluß über die Firma informieren. Denn es gibt natürlich – wie in jedem anderen Beruf – auch unter den Bestattern schwarze Schafe, die ihren Kunden gerade in der schwierigen Zeit nach dem Tode eines Angehörigen das Geld aus der Tasche ziehen. Das kann mit überhöhten Angeboten und Abrechnungen geschehen. (Schlimm wird es, wenn – wie tatsächlich geschehen – ein Unternehmen es versäumt, dem Krematorium nach der Trauerfeier den Auftrag zur Feuerbestattung zu erteilen. Der Verstorbene lag in diesem Fall über acht Wochen in der Leichenhalle. Nach dem festen Satz für die ersten vier

Wochen stieg die Gebühr auf einen erhöhten Tagessatz an. Beim Friedhofsträger sammelten sich rasch die anfallenden Kosten, die schon bald einige tausend Mark betrugen. Zusätzlich zu ihrem Verlust hatten die Angehörigen am Schluß auch noch eine Auseinandersetzung mit dem Bestattungsunternehmen durchzustehen, das zahlungsunfähig war.)

Die Auswahl eines zuverlässigen Bestattungsunternehmens ist also nicht unwichtig. Manchmal kennt man einen Bestatter oder ein Unternehmen schon von einer Beerdigung im Freundes- und Verwandtenkreis: Gute Erfahrungen sprechen für sich. Andernfalls kann man bei den jeweiligen Verbänden nach einer Liste der Mitgliedsbetriebe fragen. Ein weiterer Weg ist die persönliche Empfehlung von Geistlichen. Man kann auch direkt beim Friedhofsträger anfragen, ob ein bestimmtes Unternehmen als zuverlässig bekannt ist; allerdings dürfen die Mitarbeiter dort offiziell meist keine Auskunft über ihre Erfahrungen mit Bestattungsunternehmen geben.

Es widerspricht meiner Ansicht nach nicht der Pietät gegenüber dem Verstorbenen, vor Auftragserteilung die Preise und die Art der Abrechnung mit dem Unternehmer abzuklären und alles schriftlich festzulegen, damit man später keine bösen Überraschungen erlebt. Seriöse Bestatter benutzen ein Auftragsformular, auf dem die verabredeten Dienstleistungen mit ihren Preisen aufgeführt werden.

Trotz aller Trauer sollten Sie nicht vergessen: Ein Bestatter oder eine Bestatterin kommen normalerweise nicht als persönliche Freunde ins Haus, sondern sind ganz normale Geschäftsleute, die ihre Dienstleistungen und Waren anbieten. Zugleich soll aber nicht unerwähnt bleiben, daß viele Bestatter große Erfahrung im Umgang mit Trauernden und mit der Ausnahmesituation haben, in der sie sich befinden. In manchen Unternehmen werden Mitarbeiter in speziellen Schulungen so ausgebildet, daß sie sich sehr einfühlsam verhalten können. So können Bestatter zu sehr hilfreichen und wichtigen Beratern in der von ungewohnten Gefühlen und Verlust belasteten Zeit direkt nach dem Tod eines Angehörigen werden. Trotz seiner Professionalisierung läßt die Trauer der anderen auch einen Bestatter nicht immer kalt.

Das Arbeitsgebiet des Bestatters umfaßt zum einen das persönliche Beratungsgespräch, in dem alle Fragen der Bestattung mit den nächsten Angehörigen geklärt werden, zum anderen die Übernahme, Vorbereitung, Ausgestaltung und Durchführung von Bestattungen.

Zur Klarheit über die zu treffenden Absprachen sei hier aufgelistet, was im großen und ganzen alles zu diesen Dienstleistungen und Waren gehören kann:

- Regelung der erforderlichen Formalitäten bei Behörden und bei der Kirche;
- Gesprächsvermittlung zwischen Angehörigen und Pfarrer oder Trauerredner;
- Vermittlung von Musikern für die Trauerfeier;
- Terminsetzung für eine Abschiedsstunde am offenen Sarg in einem Abschiedsraum;
- Terminsetzung für Trauerfeier und Begräbnis und Absprache des Termins mit den Beteiligten;
- Lieferung von Sarg, Sargschild, Sargausstattung, Bestattungswäsche, Einkleidung, Kreuz, Überurne, Urnengravur und sonstigen für eine Bestattung üblichen Gegenständen;
- Überführung des Verstorbenen in die Leichenhalle;
- weitere Überführungen;
- Lieferung oder Vermittlung von Trauerdrucksachen und anderen Todesbenachrichtigungen sowie der Danksagungen;
- Leichnamsbehandlung, Einbettung und Aufbahrung;
- Stellen eines Aufbahrungsraumes und Ausgestaltung der Aufbahrung inklusive Blumenschmuck im offenen Sarg;
- Stellen von Sargträgern und Dienern;
- Stellen oder Vermitteln von Wagen für Angehörige, Pfarrer oder Trauerredner;
- Kranztransport;
- Dekoration des Raumes für die Trauerfeier (Vasen, Leuchter, Katafalkschmuck);
- Ausgestaltung und Leitung von Trauerfeiern, auch mit Kondolenzdienern, Kondolenzlisten und Sammeln von Kondolenzzuschriften;
- Regelung sowie Einziehung fälliger Sterbegelder;
- Regelung von Ausgrabungen, Umbettungen und Wiederbeisetzungen.

Das sind viele Einzelaufgaben, Wege und Telefonate, die ein Bestattungsunternehmen den Leidtragenden abnimmt. Man kann auf der anderen Seite aber auch fast alles – mit Ausnahme der Überführung von Verstorbenen – selbst in die Wege leiten oder von Angehörigen und Freunden erledigen lassen.

Im übrigen wird ein erfahrener Bestatter im ersten Beratungsgespräch natürlich nach den Wünschen des Verstorbenen und der Angehörigen fragen. Da der Bestatter meist ins Haus kommt, wird er sich nebenbei wahrscheinlich auch ein Bild über die finanzielle Lage machen können. Oft entsprechen die Vorschläge dann in etwa den Mitteln, die den Angehörigen durch Versicherungen oder Sparbücher zur Verfügung stehen.

- **Bestatter sind selbstständige Unternehmer, die zur Ausübung ihres Berufes keine Fachkenntnisse nachweisen müssen. Sie bieten Dienstleistungen und Waren an: Sie liefern Särge und Sargausstattung, vereinbaren Termine und übernehmen den Leichentransport u.a.m.**
- **Man sollte sich sein Bestattungsunternehmen sorgfältig aussuchen und eventuell nach Referenzen fragen.**
- **Ein seriöser Bestatter drängt sich nicht auf und hält die im Beratungsgespräch abgesprochenen Dienstleistungen und Warenlieferungen in einem schriftlichen Angebot fest.**

Exkurs: Geschichte der Bestattung

Um zu verstehen, wie bei uns bestattet wird, muß man wissen, daß Tod und Bestattung ebenso wie alle anderen gesellschaftlichen Erscheinungen der geschichtlichen Entwicklung unterworfen sind. Unsere heutigen Traditionen sind also nicht im luftleeren Raum entstanden, sondern über Jahrhunderte gewachsen.

So gehört es zur Besonderheit der menschlichen Art, daß die Toten in allen Kulturen sorgsam bestattet worden sind. Oft wurden ihnen Grabbeigaben für das Weiterleben im Jenseits mitgegeben. Frühe Religionen hängen immer eng mit bestimmten Glaubensvorstellungen vom Leben nach dem Tode zusammen. Dadurch sind Bestattungsplätze und Friedhöfe zu Denkmälern der menschlichen Geschichte und des menschlichen Glaubens geworden.

Hier muß es allerdings ausreichen, in die Entstehungszeit unserer eigenen Kultur – die Zeit der Völkerwanderung – zurückzugehen. Mit den Völkerströmen, die durch Europa zogen, geriet die antike Kultur des Abendlandes weitgehend in Vergessenheit. Die heidnischen Stämme, die nach Deutschland einwanderten, kannten sowohl die Erdbestattung wie die Brandbestattung. Erst zur Durchsetzung des Christentums verbot Karl der Große im Jahr 785 n. Chr. die Leichenverbrennung unter Androhung der Todesstrafe. Zugleich befahl er, daß man die Toten auf den christlichen Kirchhöfen (»apud sanctos«, bei den Heiligen) bestatten sollte und nicht mehr in den heidnischen Grabhügeln.

Schon im Römischen Reich hatten der sehnliche Wunsch der Christen, nach dem Tode in der Nähe der Heiligen zu ruhen, dazu geführt, daß immer mehr Tote in der Nähe der Altäre bestattet wurden. Diese Altäre – geschützt von kleinen Andachtsräumen – waren auf den Grabstätten der ersten Märtyrer und Heiligen entstanden. Später wurden über ihnen immer größere Kirchen erbaut. Wenn sich kein Heiligengrab am Ort befand, bemühte man sich wenigstens um eine Reliquie – einen Knochensplitter oder ein Stückchen der Kleidung –, um Altar und Kirche zu weihen. Ein Grab in der Nähe eines Märtyrers oder Heiligen bedeutete bis über das Mittelalter hinaus, daß man am Tage des Jüngsten Gerichts in seiner Nähe wieder auferstehen und seiner Fürbitte vor dem höchsten Richter teilhaftig würde.

Damit wurde der Kirchenraum und der Vorhof der Kirchen zu einem Versammlungsort aller Seelen einer Gemeinde, sowohl der Lebenden wie der Toten. Die Lebenden sorgten dabei mit Gebeten und Messen für ihre Verstorbenen, deren Seelen man zur Buße für nicht getilgte Sünden auf Zeit im Zwischenreich des Fegefeuers glaubte. Die Lebenden kümmerten sich damit zugleich auch um ihr eigenes zukünftiges Seelenheil.

Die Verbrennung im offenen Feuer wurde so über lange Zeit zu einer zusätzlichen Strafe für bestimmte Verbrechen. Erinnert sei an die grausamem Hexenverbrennungen, die in manchen Gegenden bis ins 18. Jahrhundert hinein vollzogen wurden. Die Erdbestattung galt vielen Menschen bis weit in das 20. Jahrhundert hinein als einzig mögliche christliche Bestattungsart.

Bis zum Ende des 18. Jahrhunderts befanden sich die Begräbnisplätze fast immer in und bei den Kirchen. Nur die Gräber der sogenannten unehrlichen Leute lagen außerhalb der Ortschaften. Zu ihnen zählten übrigens zum einen die hingerichteten Verbrecher, zum anderen aber auch Henker, Müller, Abdecker und Angehörige einiger anderer Berufe mit ihren Familien und Nachkommen. Ansonsten führten höchstens Pest- und Notzeiten zu Ausnahmen von der Regel. Dann legte man Friedhöfe in weiterer Entfernung von der Stadt an, um Ansteckungsgefahren zu bannen.

Die Grabplätze in der Kirche und besonders in der Nähe des Altars waren verständlicherweise am begehrtesten und teuersten. Denn auch hier herrschte in gewisser Weise das Gesetz von Angebot und Nachfrage. Nur arme Leute wurden auf Kosten der Gemeinde bestattet, alle anderen mußten ihre Grabstätte käuflich erwerben. Weil im Laufe der Zeit die Menschen immer wieder von neuem an den gleichen Stellen beerdigt werden wollten, mußte die Ruhezeit der Toten begrenzt werden. So ruhten (und ruhen) die Toten in der Erde nicht für die Ewigkeit, sondern nur für eine bestimmte Zeit, nach deren Ablauf jede Grabstätte aufgehoben wurde und heute noch wird. Früher dauerte diese Ruhezeit oft nur wenige Jahre. Danach wurden die Gebeine ausgegraben und in einem Beinhaus oder Karker aufgeschichtet. Noch heute kann man auf Friedhöfen in Süddeutschland, in Böhmen und in den Alpenregionen solche Gebäude finden.

Nur die jüdischen Friedhöfe sind von dieser Regelung der ständigen Wiederbelegung ausgenommen. Nach dem jüdischen Glauben darf die Totenruhe nicht gestört werden. Für jüdische Gemeinden ist es außerordentlich wichtig, ein eigenes Friedhofsgelände zu erwerben, damit niemand gegen dieses grundlegende Glaubensgebot verstoßen kann.

Dagegen gibt es für die zugewanderten Moslems in Deutschland bisher nur sehr wenige Begräbnisplätze, die den Bedürfnissen ihres Glaubens entsprechen. Auch im Islam ist der Friedhof nicht nur ein

Bestattungsplatz, sondern zugleich ein Ort, an dem die Toten der Auferstehung harren. Wie jüdische Gräber nach Jerusalem, so müssen islamische Gräber nach Mekka ausgerichtet sein. Nach islamischem Brauch werden die Toten ohne Sarg in ihren Leichentüchern bestattet. Doch ist in Europa auch die übliche Sargbestattung für Moslems erlaubt. Strenggenommen aber dürfen Moslems nicht unter Ungläubigen bestattet werden. Bisher gibt es in der Bundesrepublik nur wenige islamische Friedhöfe oder für Moslems reservierte geschlossene Grabfelder. Das ist ein Grund, weshalb noch heute viele türkische Familien ihre Verstorbenen in ihr Heimatland ausfliegen lassen.

Übrigens waren die Kirchhöfe früher oft nicht gerade die Schmuckstücke ihres Ortes. Grabsteine waren eher eine Seltenheit. Friedhöfe spielten durch ihre zentrale Lage zwar eine wichtige Rolle in Ortschaften und Städten. Doch diese war eher weltlich: Man hielt dort Markt; man ließ das Vieh darauf weiden, und abends oder nachts galt mancher Kirchhof als beliebter Treffpunkt für zwielichtiges Gesindel. Aufgrund ihres geweihten Bodens bildeten Kirchhof und Kirche aber auch einen Freiraum innerhalb der Gesellschaft. Verfolgte oder Verbrecher konnten dort ebenso wie in den Kirchen selbst Asyl finden: ein historisches Recht, das noch heute eine Rolle spielt, wenn Flüchtlinge in Kirchen aufgenommen werden oder Asyl suchen.

Geändert hat sich das Aussehen der Friedhöfe zuerst durch die Reformation Martin Luthers, der gegen den Ablaßhandel der Päpste zu Felde zog. Damit begann er, die Macht der fürsprechenden Heiligen zu brechen. Beim Ablaß ging es schließlich darum, sich noch zu Lebzeiten Nachlaß von Sündenstrafen zu erkaufen. Mit dem Ende dieser Glaubensvorstellung mußte aber auch der Begräbnisort eine andere religiöse Bedeutung erhalten. Mit der Betonung der Erlösungshoffnung allein aufgrund der Gnade Gottes war die Einheit von Kirche und Begräbnis im Protestantismus nicht mehr Voraussetzung für das Seelenheil. Die Toten und damit auch der eigene Tod wurden ein Stück weit an den Rand der religiösen Handlungen gedrängt.

Allerdings wurden durch den Protestantismus nicht automatisch die Kirchenbeisetzungen und die Kirchhöfe in den Städten aufgehoben. Die altgewohnten Bestattungssitten hatten auch in protestantischen Gebieten ein langes Beharrungsvermögen. Erst im 18. Jahrhundert setzte im Zuge der Aufklärung eine Verlagerung der Friedhöfe ein. Mit der wachsenden Naturbeobachtung, aber auch dadurch, daß die Städte immer mehr Menschen anzogen, begann man sich damals zu fragen, ob man nicht mit einer »vielleicht allzu großen Leichtfertigkeit« – so stand es in einer zeitgenössischen Schrift – »die verpesteten Bleiben der Toten inmitten der Wohnstätten der Lebenden duldete? Der stinkende Odem, den die Leichname von sich geben, ist ein Fingerzeig der Natur, die zur schleunigen Entfernung mahnt. ... Die unreinen Ausdünstungen verloren sich ehedem im Strom der Luft; heute werden sie von den Gebäuden aufgefangen, die die Winde hindern, sie zu zerstreuen. ... Wer weiß denn, ob sie nicht, wenn sie mit der eingeatmeten Luft in die benachbarten Wohnstätten eindringen, sogar manche unbekannte Ursachen von Tod und Ansteckung weitertragen.« (Paris, Bibliothèque nationale, Ms. Joly de Fleury, 1207, zitiert nach Ariès, S. 610)

Die Zustände der innerstädtischen Friedhöfe waren im 18. Jahrhundert tatsächlich oft haarsträubend. Man beerdigte in große Tiefen hinein. Damit verlangsamte sich der Verwesungsprozeß. Es gibt viele Berichte von Ohnmachten, Krankheiten und sogar Todesfällen, die durch diese Zustände ausgelöst wurden. So beschloß man – zuerst in Paris, damals eine der größten Städte Europas –, die Friedhöfe innerhalb der Stadt zu schließen und statt dessen draußen vor der Stadt anzulegen. Von Frankreich aus ging eine regelrechte Kampagne zur Ausgliederung der Friedhöfe durch Westeuropa, so daß um 1800 fast alle deutschen Städte ihre innerstädtischen Friedhöfe verlegten. Damit setzte ein tiefgreifender Wandel ein, mit dem sich die Begräbnisplätze immer mehr von ihrem religiösen Ursprung entfernten. Sanitäre, soziale und bildungsbürgerliche Gesichtspunkte wurden bei ihrer Anlegung wichtiger als der Gedanke an das Seelenheil der Toten.

Andere Überlegungen spielten eine Rolle beim Bau der Leichenhäuser, der zur gleichen Zeit einsetzte. Die Phantasie des Lebendig-Begrabenseins rückte in den Mittelpunkt des allgemeinen Interesses. Das Erwachen eines Scheintoten im Sarg, seine Furcht und sein Entsetzen malte man sich in Romanen und Zeitungsartikeln in den schrecklichsten Bildern aus. Die Feststellung des endgültigen Todeseintritts wurde damit zu einem wichtigen neuen Problem. So wurden die Toten, die man vorher sofort zu Grabe getragen hatte, in die neuen Leichenhäuser gebracht, wo sie aufgebahrt und bewacht werden konnten, bis eindeutige Verwesungszeichen eintraten. In Wien kann man heute sogar noch – im Bestattungsmuseum der Stadt – ein Messer sehen, mit dem von einem Arzt ein Stich ins Herz des Leichnams ausgeführt wurde. Manche Menschen legten diesen Herzstich testamentarisch fest, damit der Tod ganz sicher war. Bei der Aufbahrung wurde dem Toten technisches Gerät – sinnreich ausgeklügelte Systeme von Glöckchen und Seilzügen – an Fingern und Füßen befestigt. Sollte er erwachen, läutete beim Leichenhauswärter eine Glocke. Allerdings ist in Wien nur ein einziger der vielen Toten wieder zum Leben erwacht.

Die neuen Friedhöfe außerhalb der Städte wurden meist mit rechteckigem Grundriß und einem Wegekreuz angelegt. Doch im Jahr 1805 wurde – wiederum in Paris – ein Friedhof eingeweiht, der für das folgende Jahrhundert und sogar bis in unsere Zeit stilbildend werden sollte. »Père Lachaise« war der erste Friedhof, der nicht mehr als einfaches, rechteckiges Feld, sondern nach Art eines Englischen Gartens wie eine natürliche Parklandschaft mit Hügeln und Tälern gestaltet und von geschlängelten Wegen durchzogen wurde.

Ein kaiserliches Dekret Napoleons aus dem Jahr der Einweihung legte außerdem die Einrichtung von Einzelgräbern für jedermann fest. Damit sollten die Massengräber ersetzt werden, Kuhlen, in denen mehrere Tote gleichzeitig beerdigt wurden. Zum ersten Mal hatte damit jeder Mensch ein Anrecht auf sein eigenes Grab. Die neuen Armengräber durften sogar individuell ausgeschmückt werden, was bis dahin nicht möglich gewesen war.

Drei verschiedene Grabarten waren für den Friedhof Père Lachaise vorgesehen: für die Armen die erwähnten öffentlichen und kostenlosen Einzelgräber, die sechs Jahre lang bestehen sollten; für die Wohlhabenderen individuelle Grabstätten von längerer Dauer. Sie sollten gegen eine bestimmte Gebühr so lange bestehen bleiben, wie sie gepflegt würden. Diese Begräbnisart lag an den Wegen und

Alleen, aber auch in den tiefergelegenen Teilen des Friedhofes. Für die teuerste Grabart waren ein großer Teil der Gartenflächen und die Felder entlang der Grenzen vorgesehen. Diese Grabstätten wurden zeitlich unbegrenzt überlassen, besaßen also ein ewiges Ruherecht. Sie kosteten doppelt soviel wie die der zweiten Kategorie. Bei jeder Beerdigung wurde außerdem eine Gebühr für das Ausheben des Grabes erhoben. Als Napoleon am Anfang des 19. Jahrunderts Europa eroberte, wurden die französischen Gesetze auch in Deutschland eingeführt. Vieles davon gilt noch heute.

Die Einführung der modernen Feuerbestattung im 19. Jahrhundert war eine weitere Neuerung im Bestattungswesen. Allerdings brauchte sie Jahrzehnte, bis sie sich einigermaßen durchsetzen konnte. Der christliche Glaube an die Auferstehung des Fleisches und die alte Tradition der Verbrennung als Strafe wirkten noch lange nach. Von der katholischen Kirche wurde die moderne Kremation sogar erst 1963 offiziell für ihre Gläubigen zugelassen. Das erste deutsche Krematorium wurde dagegen schon 1878 in Gotha in Betrieb genommen.

Menschen, die für sich eine Feuerbestattung wünschten, waren lange als Freidenker verschrien. Noch heute ist der Anteil an der Feuerbestattung in Deutschland sehr unterschiedlich. Es gibt Städte, in denen bis zu 90 Prozent der Verstorbenen feuerbestattet werden. Andererseits gibt es auch – besonders in Süddeutschland – viele Gegenden, in denen die Erdbestattung weit überwiegt.

- **Friedhöfe sind Zeugen vergangener Kulturen.**
- **Die heutige Bestattung beruht zum Teil auf alten Traditionen. Deshalb gibt es sehr unterschiedliche Friedhöfe, verschiedene Friedhofsträger, begrenzte Ruhezeiten und verschiedene Bestattungs- und Grabarten.**
- **Die moderene Feuerbestattung wurde erst im 19. Jahrhundert eingeführt.**

Wahl der Bestattungsart

Erd-, Feuer- und Seebestattung

Geschichtlich bedingt, kann man heute zum einen zwischen unterschiedlichen Bestattungsarten und zum anderen unter verschiedenen Grabarten wählen, wobei die Friedhöfe selbst in jeder Landschaft anders gestaltet sind.

Grundsätzlich muß man sich für eine der beiden Bestattungsarten entscheiden, die in Deutschland üblich sind: für die Beisetzung des ganzen Körpers in einem Erdgrab, einer Gruft oder einem Sarkophag oder für die Verbrennung des Körper mit anschließender Urnenbestattung, wobei die Urne mit der Asche des Verstorbenen in einem Erdgrab oder oberirdisch beigesesetzt oder ins Meer versenkt werden kann. Auf einzelnen Friedhöfen der neuen Bundesländer – zum Beispiel in Berlin – ist auch das namenlose Ausstreuen von Asche in eine Rasendecke möglich, während in den alten Bundesländern das Ausstreuen von Asche verboten ist. Bei einer »Seebestattung« wird nur die Aschenurne auf hoher See beigesetzt. Eine Körperbestattung im Meer ist nicht möglich.

Anderswo in der Welt gibt es – entsprechend den geographischen Gegebenheiten und den historischen Entwicklungen – weitere Bestattungsarten. In Indien wird der Leichnam auf einem Holzstoß mehrere Stunden lang verbrannt. In den Gebirgszügen des Himalaya existieren Bestattungsplätze, auf denen die Toten den Geiern zum Fraß hingelegt werden. Andere Völker setzen oder setzten ihre Toten aus oder kannten das Höhlen-, Wasser- oder Hausbegräbnis. Auch Kombinationen – wie das Begräbnis mumifizierter Leichen oder der Asche oder Gebeine – kommen vor.

Die bei uns üblichen Bestattungsarten erlauben es, daß der Körper – vom Leben verlassen – wieder in seine Bestandteile zersetzt und damit der Natur zurückgegeben wird. Der Unterschied zwischen der Erd- und der Feuerbestattung liegt in der Intensität beziehungsweise Dauer der Auflösung in die chemischen Elemente.

Die Verwesung des menschlichen Körpers bei einer Erdbestattung dauert etwa fünf bis sieben Jahre. Je nach Bodenbeschaffenheit kann sie etwas kürzer oder wesentlich länger brauchen. Die gute Belüftung des Bodens – sie ist am ehesten bei Sandboden gewährleistet – und ein niedriger Grundwasserstand sind wichtige Voraussetzungen für eine schnelle biologische und chemische Zersetzung. Weniger naturwissenschaftlich ausgedrückt: das Zersetzungswerk vollbringen nicht die – besonders auf mittelalterlichen Bildern oft so schrecklich dargestellten – Würmer, Kröten und Schlangen, sondern der Sauerstoff und die Millionen von Kleinstlebewesen, die einen gesunden Boden bevölkern.

Die Verbrennung einer Leiche dauert dagegen nur etwa 90 Minuten. Der Leichnam wird dabei in seinem Sarg in eine bis auf 1000 Grad Celsius erhitzte Brennkammer geschoben. Die heiße Luft der Kammer entflammt das Sargholz mit dem Toten sofort. Da die Schotten des Brennraumes direkt hinter dem Sarg geschlossen werden, kann man das Fortschreiten der Verbrennung nur durch ein kleines Guckloch auf der Rückseite des Ofens verfolgen. Dabei umlodern orange Flammen den schwarzen Körper, der rasch immer mehr abnimmt. Nach etwa einer Stunde sind die Knochen so weit verbrannt, daß sie zusammengeschoben werden können. Je nach Ofentyp werden sie manchmal in einer kleineren Brennkammer nachgebrannt, so daß in der großen Kammer Platz für die nächste Verbrennung frei wird. Am Ende werden die Überreste aus Asche und Knochenstückchen zusammengeschoben und in eine Knochenmühle gegeben. Dort werden sie mechanisch zerkleinert und in eine maschinell gefertigte Blechurne gefüllt, die nach Art von Konservendosen verschlossen wird. Auf dem Deckel sind Name und Daten des Verstorbenen eingeprägt. Damit die Asche nicht verwechselt werden kann, wird dem Sarg ein Schamotteplättchen mit einer Nummer und dem Namen des Verstorbenen in den Brennraum mitgegeben. Hinterher wird das Plättchen auf die Asche gelegt.

Die Krematorien werden zur Zeit alle mit aufwendigen Filteranlagen ausgerüstet, damit keinerlei schädliche Stoffe von der Verbrennung in die Luft geraten. Auch unsere Körper enthalten schließlich inzwischen gefährliche Umweltgifte und häufig auch eine Reihe von Ersatzteilen wie Herzschrittmacher und künstliche Gelenke, die entweder vor der Verbrennung entfernt werden oder mit durch das Feuer gehen und hinterher von Hand oder mit einem Magneten aus der Asche geholt werden müssen.

Wenn sich diese Beschreibung wie eine Fabrikreportage liest, so ist der Eindruck nicht ganz abwegig: Die Toten werden in den Krematorien meist im Schichtbetrieb von Arbeitern in die Öfen geschoben, die trotz der schweren und seelisch belastenden Arbeit nicht sehr gut bezahlt werden. Die Verbrennungs- und Aufbewahrungsräume der Krematorien ähneln zudem – je nach dem Alter der Anlage – entweder etwas schmuddeligen oder aber klinisch sauberen Fabrikräumen.

Während für eine Erdbestattung keine weiteren Voraussetzungen als die Einsargung des Toten und die Vorlage der Sterbeurkunde oder Bestattungsgenehmigung des zuständigen Standesamtes zu erfüllen sind, gibt es für die Feuerbestattung eine Reihe von weiteren Vorschriften. Weil mit dem Feuer alle Befunde zerstört werden, will man ganz sicher gehen, daß kein gewaltsamer Tod vorliegt. Überreste von Giftstoffen oder Kennzeichen von Gewaltanwendung an den Knochen kann man nämlich bei einer Exhumierung immer noch auffinden. Nach einer Feuerbestattung ist das nur noch durch sehr aufwendige chemische Analysen möglich. Deshalb muß der Leichnam vor der Verbrennung noch ein weiteres Mal amtsärztlich untersucht werden. Das heißt, daß er zumeist in der Leichenhalle des Krematoriums von den Arbeitern ausgezogen und vom Arzt angesehen und im Falle eines Verdachtes auch obduziert wird. Üblicherweise kommt der Amtsarzt zu regelmäßigen Terminen, zu denen dann alle Verstorbenen des entsprechenden Zeitraumes unbekleidet bereitgelegt werden.

In den alten Bundesländern muß die amtliche Bescheinigung über diese zweite Leichenschau spätestens 24 Stunden vor der Verbrennung zusammen mit weiteren Dokumenten der örtlichen Polizeibehörde vorgelegt werden. Diese muß für jede Feuerbestattung eine Erlaubnis erteilen. Die weiteren Dokumente sind

- die Todesbescheinigung (auch Sterbeurkunde oder standesamtliche Bestattungsgenehmigung);
- eine Bescheinigung der Polizeibehörde des Sterbeortes, daß dort keine Umstände bekannt sind, die auf Herbeiführung des Todes durch eine strafbare Handlung schließen lassen.

(Wenn man schon zu Lebzeiten ganz sichergehen will, daß man feuerbestattet wird, sollte man außerdem eine entsprechende schriftliche Erklärung abfassen und hinterlegen. Diese sollte eigenhändig geschrieben und unterschrieben sowie mit Ort und Datum versehen sein.)

In den neuen Bundesländern muß der vom Standesamt ausgestellte Bestattungsschein nur vom Krematoriumsarzt bestätigt werden. Weitere Bescheinigungen sind nicht erforderlich.

Nach der Feuerbestattung können die Angehörigen den Zeitpunkt für die Beisetzung der Urne festsetzen. Allerdings findet die Verbrennung meistens nicht sofort nach der Trauerfeier oder der Einlieferung des Sarges statt. Je nach der Auslastung eines Krematoriums kommt es vor, daß mehrere Tage oder sogar Wochen vergehen, bis der Sarg in die Brennkammer geschoben wird. Wenn man nicht möchte, daß der eigene Angehörige so lange in den Kühlräumen des Krematoriums aufbewahrt wird, so sollte man sich gezielt und häufig bei dem Bestatter oder besser noch bei der Verwaltung nach dem Datum der Kremation erkundigen. Das beschleunigt diesen Vorgang zumeist erheblich. Nachfragen können aber auch deshalb wichtig werden, weil es für die Aufbewahrung in den gekühlten Leichenkammern meistens eine Frist gibt, nach deren Ablauf die Kosten – wie oben erwähnt – tageweise berechnet werden. Daß es auch anders gehen kann, sei hier nur angemerkt: In Paris können die Teilnehmer an der Trauerfeier zum Beispiel danach beisammen bleiben und die Verbrennung abwarten. Sie erhalten sofort danach die Urne für die Beisetzung ausgehändigt.

In Deutschland gibt es 125 Krematorien in 120 Städten (Stand 1990 nach Gaedke, S. 238). Die Urnen werden direkt vom Krematorium zu dem Friedhof geschickt, auf dem die Beisetzung stattfinden soll. Urnen dürfen in Deutschland nur durch die Post in besonderen Versandbehältern oder durch Bestattungseinrichtungen oder -unternehmen befördert werden. Für den Versand muß ein entsprechender Beisetzungsplatz auf einem Friedhof nachgewiesen werden.

Jede Urne kann so, wie sie aus dem Krematorium kommt, in die Erde gesenkt oder in einer Urnenhalle, einem Urnenhain oder einem Kolumbarium aufgestellt werden. Bestatter weisen gern darauf hin, daß es viel schöner aussieht, wenn die schlichte Blechurne in einer sogenannten Überurne beigesetzt wird. Überurnen können aus ganz unterschiedlichen Materialien sein und werden in den verschiedensten Formen und Preisklassen angeboten. Friedhofsträger sehen sie oft nicht gern. Die einfachen Urnen zerfallen nämlich rasch und bilden so nach kurzer Zeit keine Hindernisse oder gefährlichen Rückstände mehr im Boden; Überurnen dagegen behindern diese Verwitterung. Deshalb fordern immer mehr Friedhöfe, daß auch Überurnen aus Materialien bestehen müssen, die rasch vergehen.

Für eine Seebestattung muß entweder der Wunsch des Verstorbenen oder eine entsprechende Erklärung des Auftraggebers, daß sich der Verstorbene diese Bestattungsart gewünscht hat, schriftlich vorliegen. Dazu kann ein gebührenpflichtiger Antrag auf Befreiung vom Friedhofszwang kommen. Für die Seebestattung fährt das Schiff zu einem offiziell in den Seekarten festgeschriebenen und zugelassenen Platz. Nur dort dürfen Urnen versenkt werden. Sie müssen aus wasserlöslichem Material (z.B. Salzstein) sein, damit sie nicht zu einem festen Hindernis am Meeresgrund werden, und sie müssen mit Sand oder Kies beschwert sein, damit sie nicht aufschwimmen können.

Einige Schiffseigner an Nord- und Ostsee haben ihre Schiffe so umgebaut, daß eine geräumige Kajüte den Hinterbliebenen Platz bietet. Für die Urne ist eine besondere Nische vorgesehen. Auf See läßt der Kapitän nach einer kurzen Ansprache die Urne feierlich ins Meer gleiten. Die Angehörigen werfen ihr noch einen letzten Blumengruß nach. Auf Wunsch kann auch ein Geistlicher eine Andacht an Bord halten. Die Angehörigen erhalten später eine Seekarte mit genauer Einzeichnung des Ortes.

Am Rande sei hier noch angemerkt, daß inzwischen in den USA eine weitere – sozusagen ultramoderne – Art der Aschenbestattung möglich ist: die Bestattung im All. Anders als in Deutschland kann in Amerika die Asche eines Verstorbenen den Angehörigen ausgehändigt werden. Für die Bestattung im All werden zwei kleine Kapseln mit Asche gefüllt. Eine davon wird mit einer Rakete ins All gebracht. Die zweite ist für den Fall gedacht, daß der Raketenstart mißlingt.

Sowohl eine Erdbestattung wie eine Feuerbestattung kann man selbst bei der Friedhofs- oder Krematoriumsverwaltung anmelden, wenn man das nicht einem Bestattungsunternehmen überlassen will. Dabei sollte man sich aber unbedingt vorher vor Ort danach erkundigen, welche Bescheinigungen im einzelnen vorgelegt werden müssen und wo genau man diese Bescheinigungen erhält. Erledigt ein Freund oder Verwandter die Formalitäten für die Angehörigen, so braucht er auf jeden Fall eine schriftliche Vollmacht.

Man muß bei der Anmeldung zugleich ein Grab erwerben. Sinnvoll ist es, sich nach den Möglichkeiten und den Preisen von Bestattung und Gräbern zu erkundigen und in größeren Städten eventuell auch einen anderen Friedhof in Betracht zu ziehen. Die Kosten für Erd- oder Feuerbestattungen und den Graberwerb sind von Ort zu Ort sehr unterschiedlich. Es gibt Spannen von bis zu 100 Prozent für ähnliche Leistungen. Allerdings ist ein Preisvergleich schwierig, weil sich die Berechnungsgrundlagen aus vielen unterschiedlichen Posten zusammensetzen und je nach Gebührenordnung verschieden zusammengezogen werden. Wer sich über Bestattungskosten im allgemeinen genauer informieren will, sei auf die sehr informative Broschüre der Verbraucherzentrale »Was tun, wenn jemand stirbt? Ein Ratgeber in Bestattungsfragen« hingewiesen.

Mumifizierung und Einbalsamierung

Bisher war nur von der Bestattung die Rede. Man kann tote Körper aber auch auf lange Dauer konservieren. In heißem Wüstensand oder unter bestimmten anderen Bedingungen – im Moor, in der bleihaltigen Luft eines Kirchengewölbes oder in gut durchlüfteten Grufträumen – können tote Körper zu Mumien austrocken. Bei uns sind die Funde der Moorleichen aus der germanischen Frühzeit bekannt. Außerdem hat jeder schon einmal von den ägyptischen Mumien gehört, für deren Einbalsamierung die Priester komplizierte und noch heute nicht vollständig erforschte Rezepte und Techniken anwandten.

Allerdings gibt es in Deutschland nur die Möglichkeit der Mumifizierung durch die Bestattung in einer Gruft, also einer ausgemauerten Grabstätte, oder in einem Sarkophag, das heißt in einem luftdicht abgeschlossenen Steinsarg. Damit ist aber nicht gesagt, daß diese

Bestattungsarten wirklich zu einer Mumifizierung führen müssen.

Grüfte und Mausoleen, in denen die Toten in Sarkophagen oberirdisch beigesetzt wurden, waren bis zum Ende des 19. Jahrhunderts die bevorzugte Bestattungsart wohlhabender Familien. Heute sind sie sehr selten geworden. Bei entsprechendem Wunsch sind aber die meisten Friedhofsträger berechtigt, die Ausmauerung von Grüften und den Bau von Mausoleen zuzulassen. Wenn man diese Art der Bestattung wünscht, muß man sich beim Friedhof nach den Möglichkeiten erkundigen.

Während diese Art, den Körper langfristig zu erhalten, ungewöhnlich geworden ist, gibt es inzwischen moderne Verfahren zur zeitweisen Einbalsamierung. Es sei nur an die wohl berühmtesten modernen »Mumien« erinnert, die Körper der beiden russischen Staatsmänner Lenin und Stalin, die in Moskau jahrzehntelang zur Schau gestellt wurden.

Auch in Deutschland haben sich – wie oben erwähnt – einzelne Bestatter in der Technik der Einbalsamierung fortgebildet. Allerdings kann man sich meines Wissens nirgendwo auf Dauer einbalsamieren lassen.

Als eine letzte Möglichkeit, den Körper »für die Ewigkeit« (oder sogar für die Hoffnung auf eine irdische Wiederauferweckung) zu bewahren, soll noch das Einfrieren erwähnt werden, auch wenn es meines Wissens in Deutschland auch dazu keine Möglichkeit gibt. Man müßte also den Toten nach Amerika transportieren und dort aufbewahren lassen.

Denn – es sei hier noch einmal wiederholt – bei uns besteht die gesetzliche Pflicht, jeden Toten zu bestatten, so daß auch ein einbalsamierter oder eingefrorener Verstorbener auf einem Friedhof beerdigt werden muß.

Alle diese Techniken, die Zerstörung des toten Körpers aufzuhalten, setzen eine bestimmte Geisteshaltung voraus. Sie spielt meiner Meinung nach auch in der Fortschrittshoffnung der Medizin unserer Zeit immer wieder eine große Rolle. Man arbeitet daran, das Altern mit medizinischen Mitteln aufzuhalten und möglichst sogar den Tod zu besiegen. Wer diese Hoffnung nährt, will sich auf keinen Fall von seinem irdischen Körper trennen und akzeptieren, daß jeder Mensch einer höheren Macht unterworfen ist, die sich in dem ewigen Wechsel von Tod und Leben zu erkennen gibt.

- **Es gibt zwei Bestattungsarten: in der Erde oder durch das Feuer.**
- **Für eine Erdbestattung genügt der Sarg und die Todesbescheinigung (Sterbeurkunde / Bestattungsgenehmigung). Vor einer Feuerbestattung müssen weitere Untersuchungen stattfinden und Bescheinigungen vorgelegt werden.**
- **Verstorbene und Aschenurnen müssen auf einem amtlich zugelassenen Bestattungsplatz beigesetzt werden. Es ist in Deutschland nicht erlaubt, eine Urne bei sich zuhause aufzubewahren. Auf vereinzelten Friedhöfen der neuen Bundesländer kann man die Asche auf einer Rasenfläche ausstreuen lassen. Bei der Seebestattung handelt es sich stets um die Versenkung einer Urne im Meer.**
- **Eine dauerhafte Einbalsamierung mit oberirdischer Aufbewahrung des Körpers ist in Deutschland nicht möglich.**

Sarg, Sargausstattung und Einkleidung des Verstorbenen

Hat man sich für die Bestattungsart entschieden, so muß man einen Sarg auswählen, in Auftrag geben oder selbst bauen. Jeder Verstorbene muß in einem Sarg bestattet werden.

Es ist also fast unumgänglich, bei einem Tischler, einem Bestatter oder einem Sarglieferanten einen Sarg zu bestellen. Manche Menschen sorgen allerdings auch hier schon vor: Sie lassen sich ihren Sarg zu Lebzeiten anfertigen oder entwerfen und bauen ihn sogar selbst.

Generell gibt es keine festen Regeln, wie ein Sarg aussehen muß. Es genügt also eine stabile Holzkiste, die groß genug ist, um einen Menschen aufzunehmen. Allerdings können in den einzelnen Bestattungsverordnungen die Maße so festgeschrieben sein, daß für Übergrößen höhere Bestattungsgebühren zu zahlen sind. Außerdem müssen Särge für die Erdbestattung aus verweslichem Material, also aus Naturholz gefertigt sein. Für die Feuerbestattung sind oft auch Särge aus Zinkblech zugelassen. Andere Materialien sind unüblich und bedürfen der Genehmigung durch den Friedhof. Särge müssen immer fest und gut abgedichtet sein, so daß jedes Durchsickern von Feuchtigkeit oder Durchdringen von Gerüchen bis zur Bestattung verhindert wird.

Die Träger der Bestattungsanlagen können außerdem Vorschriften erlassen, nach denen Särge und Sargausstattungen auch bestimmten ökologischen Standards entsprechen müssen. Besonders für die Feuerbestattung gibt es inzwischen mancherorts Auflagen: Dann dürfen zum Beispiel nur solche Materialien verwendet werden, bei denen »übermäßige Rauch- und Rußentwicklung, Geruchsbelästigungen sowie Gefahren für das Personal oder Beschädigungen der Feuerbestattungsanlage« nicht zu befürchten sind (Bestattungsgesetz Baden-Württemberg, § 19; zitiert nach Gaedke, S. 372).

Wenn man sich hier nicht auf das Angebot der Bestattungsinstitute verlassen möchte, sonderm eigene Vorstellungen verwirklichen will, so sollte man sich vorher auf jeden Fall bei dem zuständigen Friedhofsamt nach solchen Vorschriften erkundigen.

Die Bestattungsunternehmen haben meist eine Reihe von Särgen auf Lager oder zeigen Kataloge vor, nach denen sie bei einer Sargfabrik bestellt werden. Diese Fabriken halten sich an festgelegte Gütebedingungen für Vollholzsärge, für die es ein eigenes Warenzeichen gibt. Die Auswahl bei den Bestattern reicht vom schlichten Kiefernholzsarg ohne jegliche Oberflächenbehandlung bis zum kostbaren Prunksarg aus Mahagoni oder anderen edlen Hölzern. Neuerdings haben die Fabriken auch farbige »Designersärge« in ihr Programm aufgenommen.

Wenn man mit allen diesen Modellen nicht einverstanden ist, aber keinen neuen Sarg in Auftrag geben will, kann man auch mit einer farbigen Bemalung das Aussehen des Sarges verändern. Bei einer Bestatterin in Berlin konnten zum Beispiel die beiden kleinen Enkelinnen nach dem Tod der Großmutter den Sarg bemalen. Dieser – zugegebenermaßen sehr ungewöhnliche – Sarg wurde zu einem ganz persönlichen Kunstwerk mit zwei unterschiedlichen bunten Ansichtsseiten.

Zu einem Sarg gehört nach Ansicht der Bestatter weiteres Zubehör: Beim Sargbeschlag handelt es sich um Sarggriffe mit sogenannten Griffrosetten und um Splinte oder Schrauben zum Verschließen des Deckels. Außerdem können noch Sargfüße hinzukommen. Auch den Sargbeschlag gibt es wiederum in den unterschiedlichsten Formen, Größen und Preisklassen. Solches – zum Teil teures – Zubehör aus Metall wird, wie oben erwähnt, vor einer Kremation wieder vom Sarg abmontiert und zum Altmetall gegeben, weil sonst störende Rückstände in den Öfen übrig bleiben.

Manchmal wird von Bestattern im Beratungsgespräch die besondere Stabilität eines Sarges betont. Seine Ecken sind dann noch zusätzlich verstärkt, damit der Sargdeckel den Erddruck besonders gut aushält. Für viele ist es ein schrecklicher und fast unerträglicher Gedanke, daß der Körper ihres Verstorbenen bald in einem Holzkasten unter der schweren Last der Erde liegt, die diesen Kasten über kurz oder lang unter sich zusammendrücken wird. Trotzdem, genau das ist der Lauf der Dinge. Auch ein besonders stabiler Sarg kann die Verwesung nicht aufhalten, und auch das härteste Holz ist der Vergänglichkeit unterworfen. Jeder Sarg aber, egal wie stabil er gebaut ist, hält für eine gewisse Zeit dem Erddruck stand und bricht erst dann in sich zusammen, wenn der Körper schon lange vergangen ist.

Innen muß der Sarg mit einer verrottbaren Folie abgedichtet sein. Der Sargboden soll mit einer fünf bis zehn Zentimeter dicken Schicht aus aufsaugenden Materialien aufgefüllt sein. Diese Schicht kann aus Sägemehl, Reißwolle, Torfmull, Rindenmulch oder Holzkohlenstaub bestehen. Will man sichergehen, so sollte man sich aber bei einer Feuerbestattung unbedingt vorher beim jeweiligen Krematorium erkundigen, welche Materialien erlaubt sind. Viele Krematorien kontrollieren aufgrund der verschärften Abgasbestimmungen inzwischen genau, was sie verbrennen.

Aus ästhetischen Gründen wird über der saugfähigen Schicht eine Sargauskleidung angebracht. Auch dafür gibt es wieder viele Möglichkeiten: Ein ganzer Industriezweig stellt die sogenannte Bestattungswäsche her. Das sind Laken und Deckengarnituren, zum

Beispiel Oberdecken und Kissen mit Steppung, Kurbelstickarbeiten und Raschelspitze; Bestattungskleider, also mehr oder weniger schlichte Hemden, die Talare genannt werden, sowie Strümpfe und Socken. Auch hier gibt es wieder ein Gütesiegel.

Allerdings ist es – wie erwähnt – durchaus möglich, seinem Verstorbenen die eigenen Kleider oder ein eigenes Nachthemd anzuziehen. Genauso gut kann man ihm natürlich das eigene Kissen unter den Kopf legen und die eigene Bettwäsche zum Unterlegen und Zudecken verwenden, sofern alles aus natürlichen Fasern besteht. Bevor man sich auf bestimmte Modelle festlegt, sollte man also ruhig noch einmal überlegen, welcher Sarg, welche Sargausstattung und welche Kleidung der Persönlichkeit des Verstorbenen am ehesten entspricht. Auch hier gilt wieder: Man muß sich nicht sofort entscheiden. Man kann Angehörige oder Freunde zur Beratung hinzuziehen. Man kann auch den Bestatter um ein zweites Gespräch bitten und sich dadurch Bedenkzeit nehmen.

Ich persönlich glaube, daß man dabei zum Beispiel durch einen besonders prunkvollen Sarg und teure Wäsche seinem Angehörigen nach dem Tod nichts Gutes mehr tun kann. Für mich liegt das, was ich für meine Verstorbenen tun kann, nicht mehr im Materiellen, sondern nur noch im seelischen Bereich. Alles andere kann nur für lebendige Menschen Bedeutung haben.

So gilt meiner Meinung nach die Ausstattung des Begräbnisses eigentlich nicht mehr dem Toten, sondern bezieht sich hauptsächlich auf die Lebenden, seien es nun Hinterbliebene, Freunde oder die Nachbarschaft. Ihnen und dem Bestatter kann ich zwar durch die Wahl besonders aufwendiger Ausstattungsstücke zu beweisen versuchen, wie groß meine Liebe war. Doch den Verstorbenen und mich selbst täusche ich nicht: Vor ihm und dem eigenen Gefühl hat nur das Bestand, was aus der Zuneigung und dem Wissen umeinander und um die Wünsche des anderen entspringt. Deshalb kann manchmal der kleinere Sargschmuck oder das schlichtere Laken der Persönlichkeit des Verstorbenen viel mehr entsprechen als ein üppiger Blumenschmuck oder reichverziertes Kissen, das nach außen mehr »hermacht«.

- **Jeder Tote muß in einem Sarg bestattet werden.**
- **Die Form des Sarges kann man selbst bestimmen. Materialien können vom Friedhof, von der Gemeinde oder vom Bundesland vorgeschrieben sein. Bei Wünschen außerhalb des Angebots der Bestatter muß man sich nach den jeweiligen Vorschriften beim Friedhof erkundigen.**
- **Für die Innenauskleidung des Sarges und die Bekleidung des Verstorbenen gibt es ein großes Bestatterangebot. Man kann aber genauso gut eigene Wäschestücke und Bekleidung nehmen. Man sollte aber Naturfasern verwenden (Baumwolle, Wolle, Seide etc.).**

Grab und Friedhof

Friedhöfe

Parallel zur Festlegung der Bestattungsart und der Auswahl des Sarges muß geklärt werden, auf welchem Friedhof und in welchem Grab der Verstorbene oder seine Asche bestattet wird.

Wie gesagt, stammen die Friedhöfe aus unterschiedlichen Epochen und sind daher auch ganz verschieden gestaltet. Neben schlichten Dorffriedhöfen gibt es größere Friedhöfe mit regelmäßig angelegten Grabfeldern; andere sind als landschaftliche Parkanlagen, als Waldfriedhöfe oder als streng geometrisch gestaltete sogenannte Reformfriedhöfe mit geraden Heckenwänden entworfen worden oder liegen als Terrassenanlage am Berghang, um nur einige Möglichkeiten anzusprechen. Für die Aufstellung von Urnen gibt es häufig besondere Urnenhallen oder Urnenwände. Manche Friedhöfe sind auch mit Gruftanlagen in hohen Arkadengängen ausgestattet. Auf vielen Friedhöfen stehen kleinere oder größere Mausoleen als Grabbauten. Manchmal besitzen alteingesessene Familien sogar private Ruhestätten auf ihrem eigenen Grund und Boden.

Bei einem Todesfall ist man meist an den Friedhof gebunden, der dem Sterbeort am nächsten liegt. Das ist aber kein genereller Zwang:

Man kann sich auf einem Friedhof seiner Wahl bestatten lassen. Allerdings muß man möglicherweise mit höheren Transportkosten und zusätzlichen Grabgebühren rechnen, die manche Friedhofsträger für sogenannte auswärtige Leichen erheben. Innerhalb einer Gemeinde mit mehreren Friedhöfen hat man immer dann die freie Wahl, wenn es keine festen Regelungen über die Friedhofsbenutzung gibt. Es kann aber zum Beispiel sein, daß die Friedhofsbenutzung nach Stadtteilen aufgeteilt ist (Gaedke, S. 114).

Mit der geschichtlichen Entwicklung hängt es auch zusammen, daß die Friedhöfe sich in sehr unterschiedlicher Trägerschaft befinden. Oft besitzen die christlichen Religionsgemeinschaften am Ort jeweils einen eigenen Friedhof. Viele Städte haben größere kommunale Begräbnisplätze eingerichtet. Allerdings gibt es inzwischen kaum noch Vorbehalte gegen Ungetaufte oder Angehörige fremder Religionen, die früher den Bestattungsort innerhalb einer Ortschaft oder sogar eines Friedhofes bestimmen konnten: Noch vor hundert Jahren wies man Ungetauften höchstens ein Eckchen am äußersten Rand des Friedhofes an.

Wenn man kein eigenes Familiengrab auf einem bestimmten Friedhof besitzt, so sollte man sich vielleicht einmal ein wenig danach umtun, welche Friedhöfe in der näheren Umgebung liegen, wie sie ausgestaltet sind und wie sie gepflegt werden. Man kann in den entsprechenden Friedhofsbüros auch nach den Preisen und Bedingungen für eine Grabstätte fragen. Manchmal ergeben sich dabei selbst im gleichen Ort deutliche Preisunterschiede. Auch die Lage – zum Beispiel mitten im Grünen oder direkt neben der Autobahn – und der Pflegezustand können erhebliche Differenzen aufweisen.

Solche Ausflüge auf umliegende Friedhöfe kann man auch als eine besinnliche Möglichkeit ansehen, etwas mehr von der eigenen Umgebung und ihrer Geschichte zu erfahren: Gräber und Grabmale dienten unter anderem stets der Selbstdarstellung. Daher zeigen sich in ihrer Form, in der Beschriftung und der Ausschmückung mit Figuren und Architekturen Vergangenheit und Gegenwart einer Gemeinde und ihrer einzelnen Persönlichkeiten mit ihren Leistungen, Vorlieben und Merkwürdigkeiten manchmal deutlicher als anderswo.

Grabarten

Nicht nur die Friedhöfe unterscheiden sich voneinander, auch die Grabstätten sind in unterschiedliche Grabarten – mit gestaffelten Preisen – unterteilt. So spielt die soziale Stellung nicht nur im Leben, sondern auch im Tode noch eine wichtige Rolle.

Bei Erd- und Urnenbestattungen unterscheidet man Reihen-(einzel-)gräber und Sondergräber, die auch als Wahlgräber, Familiengrabstätten oder Erbbegräbnisse bezeichnet werden. Im folgenden benutze ich der Einfachheit halber nur die Begriffe Reihen- und Wahlgrab.

Urnen können außerdem auch in Erdgräbern mitbestattet werden. Sie werden in geringerer Tiefe als die Särge beigesetzt. Außerdem gibt es für Urnen mancherorts noch Urnenhallen und -mauern, in denen sie in kleinen Nischen oder auf eigenen Podesten aufbewahrt werden, sowie die sogenannten anonymen Urnenhaine.

Auf die Gruftbestattung wurde schon vorher eingegangen. Ausgemauerte Grüfte können sich direkt im Erdboden befinden und an der Oberfläche unsichtbar sein. Sie können aber auch zu großen Gruftwänden zusammengefaßt in den schon genannten Arkadenhallen oder in Mausoleen liegen. Heute werden sie aus hygienischen Gründen als Einzellengrüfte angelegt. Auf manchen Friedhöfen werden sie neuerdings wie große Mauern übereinandergestapelt. In ein gemauertes oder gegossenes Geviert kann jeweils nur ein Sarg eingeschoben werden. Danach wird es luftdicht verschlossen und kann an der Frontseite geschmückt werden.

Auch die Tradition des befristeten Ruherechts gilt noch heute auf allen christlichen und kommunalen Friedhöfen Deutschlands. Nur auf jüdischen Friedhöfen und den wenigen bisher bestehenden islamischen Friedhöfen oder Friedhofssektionen gibt es – wie erwähnt – aus religiösen Gründen ein ewiges Ruherecht.

Früher gab es übrigens auch auf christlichen Friedhöfen die Möglichkeit, Gräber »auf Friedhofsdauer« zu erwerben. Für alte Familiengräber, die so gekauft worden sind, hat man in den sechziger Jahren fast überall gesetzliche Regelungen geschaffen, die diese Zeitspanne eingrenzten. Daher sind die sogenannten Dauergräber auf den meisten Friedhöfen entweder schon abgelaufen oder laufen in Kürze aus und müssen dann, wie alle anderen Grabstätten, regelmäßig verlängert werden. Zwar hat es gegen diese Regelungen Klagen gegeben, doch hatte bisher niemand damit Erfolg. Mit dem befristeten Ruherecht hängt es auch zusammen, daß man Gräber offiziell nicht kauft, sondern immer nur ein Nutzungsrecht für einen bestimmten Zeitraum erwerben kann.

Die Ruhezeit – sie wird auch Verschonungs- oder Verwesungsfrist genannt – beträgt je nach Friedhof und Grabart zwischen sechs und 50 Jahren. Sie hängt unter anderem von der Art der Beerdigung und den Bodenverhältnissen des Friedhofes ab. Durchschnittlich gelten Fristen von 15 bis 30 Jahren für erwachsene Verstorbene. Allerdings gräbt man heute die Knochen der Toten nicht mehr wieder aus und stapelt sie in Beinhäusern. Wenn beim Ausheben eines Grabes Gebeine gefunden werden, werden sie meistens gesammelt und tiefer wiederbestattet: Im Boden des ausgehobenen Grabes wird ein Loch gegraben. Dort werden die Knochen hineingelegt und mit Erde bedeckt, so daß der Sarg dann darüber wie üblich beigesetzt werden kann.

In den Kirchen selbst darf im Prinzip nicht mehr bestattet werden. Jedoch ist Kardinälen und Diözesanbischöfen das Recht eingeräumt worden, sich in ihrer eigenen Kirche bestatten zu lassen (Gaedke, S. 42). Wenn man einmal darauf achtet, findet man in alten Kirchen fast immer Grabkapellen, historische Grabplatten oder sogenannte Epitaphien, das sind Bildtafeln mit Inschriften zur Erinnerung an Verstorbene. Die Grabplatten liegen manchmal sogar noch im Fußboden an der Stelle des ursprünglichen Grabes.

Die Grabarten unterscheiden sich dadurch, daß man das Nutzungsrecht an einem – billigeren – Reihengrab immer erst anläßlich eines Todesfalles erwerben und es außerdem nicht verlängern kann. Damit fällt es auf jeden Fall nach Ablauf der Ruhezeit wieder an den Friedhofsträger zurück. Wie der Name schon sagt, werden die Toten einzeln und meist auch der Reihe nach – zeitlich und örtlich gesehen – beerdigt. Deshalb kann in einem Reihengrab nur eine einzige Beisetzung stattfinden. Nur im ersten Jahr danach darf auf manchen Friedhöfen noch eine Urne dort ihren Platz finden. Deswegen kann auch neben einem Reihengrab kein Platz für ein weiteres Familienmitglied reserviert werden. Wenn ein Partner später stirbt, ist keine gemeinsame Grabstätte möglich.

Ein – teureres – Wahlgrab kann man dagegen schon zu Lebzeiten erwerben. Es kann aus einer einzelnen Grabstelle bestehen. Meist sind aber mehrere Stellen zu einer Grabstätte zusammengefaßt, so daß dort eine ganze Familie gemeinsam ihre letzte Ruhestätte finden kann. Wahlgräber werden zwar mit einer festgelegten Ruhezeit erworben, diese kann aber im Gegensatz zu den Reihengräbern immer wieder verlängert werden. Im Prinzip kann ein Wahlgrab so lange im Besitz einer Familie bleiben, wie diese es wünscht. Bei Wahlgräbern unterscheiden sich die Preise meist noch nach der Lage des Grabes auf dem Friedhof. So kann zum Beispiel für Gräber mit parkartiger Lage – sie haben dann einen bestimmten festgelegten Mindestabstand voneinander – ein Zuschlag erhoben werden.

Wahlgräber werden immer für einen bestimmten Personenkreis überlassen, der das Recht erhält, dort beerdigt zu werden. Im Normalfall sind das die Mitglieder einer Familie. Man erwirbt ein Grab noch heute ebenso wie in längst vergangener Zeit für sich, seinen Partner und seine Kinder. Wenn also zum Beispiel eine Frau eine Erdgrabstätte mit zwei Stellen kauft, so können darin ihr Mann und sie selbst bestattet werden. Haben sie Kinder, die eine Aschenbeisetzung für sich wünschen, so können deren Urnen über den beiden Särgen bestattet werden. Wünschen die Kinder eine Erdbeisetzung, so müssen entsprechend mehr Grabstellen erworben werden. In alten Grabbriefen sind übrigens manchmal sogar noch die Kindeskinder genannt, so daß alteingesessene Familien manchmal länger als hundert Jahre ein eigenes Grab auf ihrem Friedhof besitzen. Da inzwischen auch andere Lebensgemeinschaften als Ehe und Familie gesellschaftlich anerkannt sind, gibt es heute auf vielen Friedhöfen die Möglichkeit, auch zusammen mit einem Lebenspartner oder Freunden ein gemeinsames Grab zu erwerben.

Früher gab es auf den meisten Friedhöfen außer den Reihen- und Familiengräbern auch Grabstätten, auf denen die Angehörigen einer Zunft, Sterbekasse, Beerdigungsgemeinschaft oder Bruderschaft nebeneinander ruhten. Die gemeinsame Grabstätte wurde von den Vorsitzenden der Gemeinschaft gekauft und verwaltet. Die Mitglieder zahlten einen bestimmten Beitrag und erwarben dadurch und durch andere Pflichten – sie mußten zum Beispiel auch bei Bestattungen als Sargträger mitwirken – das Recht, dort mit ihren Angehörigen bestattet zu werden. Solche Gemeinschafts- oder Genossenschaftsgräber gibt es auf den meisten Friedhöfen als Grabart nicht mehr. Aber die Friedhofsträger können darüber entscheiden, ob sie für eine bestimmte Gruppe eine Fläche zur gemeinschaftlichen Bestattung vorhalten wollen und mit dieser Gruppe einen gesonderten Vertrag darüber schließen. So hat sich zum Beispiel in Hamburg der eingetragene Verein »Memento e.V.« gebildet, der eine gemeinschaftliche Grabstätte für Aidstote unterhält.

Die Maße einer Grabstelle können zwar etwas unterschiedlich sein, im Prinzip aber brauchen wir im Tod ungefähr ebensoviel Platz wie im Schlaf. Das heißt, ein Erdgrab hat meist die Ausmaße eines normalen Bettes, das allerdings unter der Erde liegt. Nicht umsonst sprechen wir von der letzten Ruhestätte, wenn wir ein Grab meinen. Urnengrabstellen haben dagegen je nach Art und Lage eine Größe zwischen einem halben und einem ganzen Quadratmeter.

Der Abstand zwischen zwei einzelnen Erdgräbern muß mindestens 0,30 Meter betragen und die Grabsohle in einer Tiefe von 1,80 Meter liegen, wobei zwischen Grabsohle und höchstem Grundwasserstand eine Filterschicht von 0,50 Meter bleiben muß. Auf einigen Friedhöfen ist eine doppelte Belegung zugelassen. Dann werden sogenannte Tiefgräber ausgehoben, in denen zwei Särge übereinander beigesetzt werden. In diesem Fall muß die Grabtiefe bei mindestens 2,40 Meter liegen. Das Ausheben der Gräber geschieht auf vielen Friedhöfen von Hand. Mancherorts setzt man aber auch kleine Bagger dafür ein.

Anonyme Gräber

Außer den beiden genannten Grabarten gibt es – besonders in Norddeutschland – seit neuerer Zeit die Möglichkeit der anonymen Bestattung. Diese Bestattungsart stammt aus dem skandinavischen Raum und wird zunehmend beliebt. Genau gesagt, sind anonyme Gräber

Reihengrabstätten für Urnen. Nur in größeren Städten gibt es auch anonyme Erdbestattungen.

Die Bezeichnung hat sich eingebürgert, weil die genaue Lage des Grabes nur der jeweiligen Friedhofsverwaltung bekannt ist. Die Angehörigen können nicht an der Beisetzung teilnehmen. Meist werden mehrere Bestattungen an einem regelmäßigen festen Termin vom Friedhof durchgeführt. Die Hinterbliebenen kennen nur das Grabfeld, in dem anonym beigesetzt wird. Der Name des Verstorbenen bleibt damit in der Öffentlichkeit ungenannt oder eben anonym.

Diese Grabfelder werden meist als Rasenflächen ausgestaltet. An ihrem Rand werden Ruhebänke und Gefäße für Blumen aufgestellt, so daß niemandem ein stilles Gedenken in der Nähe des Grabes verwehrt wird. Während aber alle anderen Gräber mit einem Grabmal und mit Blumen ausgeschmückt werden können, gibt es diese Möglichkeit bei einem anonymen Grab nicht. Dort können keine dauerhaften Zeichen der Liebe und Erinnerung aufgestellt werden, ebensowenig kann man die Grabstätte selbst pflegen.

Für manche nahen Angehörigen kann das – ebenso wie bei der Seebestattung – zu einem schweren Problem werden, weil sie für ihre Trauer und ihren Schmerz keinen festen Ort finden. Sie sehnen sich nach einer Grabstätte, einem Platz, wo der Verstorbene ruht, wo sie ihn besuchen und Zeichen ihrer Liebe hintragen können. Wer für sich also eine solche Bestattung wünscht und damit seinen Lieben die Mühe und Kosten für die Grabpflege ersparen möchte, sollte vorher lieber nachfragen, wie dieser Entschluß aufgefaßt wird. Sonst kann eine solche Entscheidung als Bestrafung wirken.

Wie bei den Reihengräbern, kann auch bei den anonymen Gräbern – besonders in Großstädten – das Problem auftauchen, daß Angehörige, die zu verschiedenen Zeiten sterben, nicht im gleichen Grabfeld beerdigt werden können: Wenn ein anonymes Feld mit Urnen gefüllt ist, wird es geschlossen, und die Ruhezeit tritt ein. Manche Friedhöfe halten allerdings für Ausnahmefälle noch einige Grabstellen in schon geschlossenen Feldern frei. Deshalb sollte man sich nicht von vornherein abspeisen lassen, sondern auf jeden Fall noch einmal persönlich beim Friedhof nach dieser Möglichkeit fragen.

Gestaltungsvorschriften

Wenn man dagegen ein Grab wünscht, das auf die übliche Art und Weise ausgeschmückt werden kann, sollte man daran denken, daß auf allen Friedhöfen bestimmte Gestaltungsrichtlinien für Grabmale und manchmal auch für die Art der Grabbepflanzung gelten.

Diese Vorschriften sind oft von Grabfeld zu Grabfeld verschieden. Es gibt zum Beispiel Grabfelder mit dem Zwang, Grabmale aufzustellen, und solche, auf denen man das Grab auch ungeschmückt und damit ebenfalls anonym lassen kann, wenn man es wünscht. Die Materialien der Grabmale können festgelegt und bestimmte Größen vorgeschrieben, die Gestaltung der Schrift und der Steinoberfläche kann eingegrenzt sein. Es kann verboten sein, Grabstätten mit Zäunen oder Steinsetzungen einzufassen, oder es wird die Umpflanzung mit einer lebenden Hecke gefordert.

Besonders wenn man schon klare Vorstellungen vom Aussehen des Grabmales hat, sollte man sich unbedingt genau nach diesen Vorschriften erkundigen. Sonst erlebt man eine böse Überraschung, wenn der gewünschte Stein oder auch die Einfassung des Grabes schon beim Steinmetz bestellt ist, aber vom Friedhof nicht genehmigt wird.

Im übrigen müssen alle Friedhöfe mindestens ein Grabfeld vorhalten, auf dem keine einschränkenden Bestimmungen gelten. Im Zweifelsfall sollte man gezielt nach einem solchen Grabfeld fragen.

Grabkauf

Wenn im Todesfall noch keine eigene Grabstätte vorhanden ist, muß und sollte man die Auswahl des Grabes nicht dem Bestatter überlassen. Man kann selbst in das entsprechende Friedhofsbüro gehen, sich freie Grabstätten nachweisen lassen und sie besichtigen.

Wer ein Grab aussucht, sollte dabei auch bedenken, welche Bedeutung es für alle diejenigen hat, die es später besuchen und pflegen werden. Nahe Angehörige werden vielleicht oft dorthin kommen: Brauchen sie einen ruhigen und stillen Platz der Besinnung, oder wird ihnen eine solche – möglicherwiese abgelegene – Einsamkeit eher Angst machen? Kann der Weg vom Parkplatz oder von der Haltestelle des öffentlichen Nahverkehrs ruhig weit sein, weil sie einen Spaziergang lieben und gut zu Fuß sind, oder sollte er so kurz wie möglich sein?

Den Grabkauf kann man direkt mit dem Friedhof vereinbaren. Die Friedhöfe führen Grabakten oder Protokolle und Katasterpläne, in die der Graberwerber und die Beerdigungen eingetragen werden. Der Graberwerber erhält ein Dokument, das Grabbrief oder Grabnachweis genannt wird. Darin sind Grablage, Anzahl der Grabstellen, berechtigte Personen und Ruhezeiten festgehalten.

Die Nutzungsgebühren für die Gräber werden jeweils von den übergeordneten Friedhofsträgern festgeschrieben und amtlich veröffentlicht. Wie schon gesagt, unterscheiden sie sich nicht nur nach Grabart, Grabgröße und Dauer der Ruhezeit, sondern auch von Friedhof zu Friedhof deutlich. Außerdem werden sie natürlich von Zeit zu Zeit entsprechend der allgemeinen Kostenentwicklung angehoben. Daher ist es am besten, sich selbst danach zu erkundigen. Natürlich kann man auch einen Freund schicken oder einen Bestatter mit dem Grabkauf beauftragen. Beide muß man schriftlich dazu bevollmächtigen.

Ein vorhandenes Grab muß man bei jeder Bestattung erneut verlängern lassen, damit die vorgeschriebene Ruhezeit gewährleistet ist.

Datum von Trauerfeier und Bestattung

Bei einer Erdbestattung legt man im Todesfall mit dem Grabkauf zugleich den Beerdigungstermin fest. Bei einer Feuerbestattung vereinbart man dagegen mit dem Friedhof nur den Grabkauf. Die Beisetzung der Urne kann ja naturgemäß erst erfolgen, nachdem die Kremation stattgefunden hat.

Wenn die Trauerfeier in einer Feierhalle, Kapelle oder im Krematorium des gleichen Friedhofes stattfinden soll, kann man ihren Termin gleichzeitig mit absprechen. Soll ein Geistlicher oder Redner die Trauerfeier halten, muß der Termin parallel auch von ihm bestätigt werden.

Meist übernehmen die Bestatter diese etwas komplizierten Absprachen. Man kann sie aber auch ohne Mittelsleute direkt mit dem zuständigen Friedhofsbüro und dem Geistlichen oder Redner vereinbaren.

- Friedhöfe stammen aus unterschiedlichen Epochen und unterscheiden sich nach Lage, Ausgestaltung und Ausstattung zum Teil sehr stark voneinander.
- Man erwirbt an einem Grab das Nutzungs- und Verfügungsrecht für einen bestimmten Zeitraum. Diese sogenannte Ruhezeit beträgt durchschnittlich 15 bis 30 Jahre.
- Es gibt zwei Grabarten, die jeweils sowohl für Erd- wie für Urnenbeisetzungen Geltung haben:
  - das Reihengrab (Einzelgrab): Das Nutzungsrecht kann nicht verlängert werden. Man erwirbt es immer erst anläßlich eines Todesfalles. Die Verstorbenen werden dort einzeln und der Reihe nach – zeitlich und örtlich gesehen – beerdigt.
  - das Wahlgrab (Sondergrab, Familiengrab, Erbbegräbnis): Das Nutzungsrecht kann man schon zu Lebzeiten erwerben und nach Ablauf der Ruhezeit verlängern lassen. Es besteht aus einer oder mehreren Grabstellen, so daß eine Familie dort gemeinsam begraben werden kann.
- Urnen können in eigenen Gräbern, Urnenhallen oder -wänden beigesetzt werden. Sie können aber auch in Erdgräbern mitbestattet werden.
- Das anonyme Grab ist ein Reihengrab für Urnen, seltener auch für Erdbestattungen, bei dem eine Teilnahme an der Beisetzung nicht möglich ist. Außerdem wird den Angehörigen nur das Grabfeld, aber nicht die genaue Lage des Grabes bekanntgegeben. Eine Kennzeichnung oder Ausschmückung des Grabes ist nicht erlaubt.
- Achtung: Auf allen Friedhöfen gelten Gestaltungsrichtlinien für Grabmale, nach denen man sich richten muß. Jeder Friedhof muß aber ein Grabfeld ohne Richtlinien vorhalten.

Zur Beerdigung meiner
Wünsche ich mir das Tedeum
Tedeum laudamus
Den Freudengesang ...

Denn ein Totenbett
Ist ein Totenbett mehr nicht
Einen Freudensprung
Will ich tun am Ende
Hinab hinauf
Leicht wie der Geist der Rose ...

MARIE LUISE KASCHNITZ

Die Trauerfeier

Vom Abschied-Feiern

Nicht jeder wird heute mit einer Trauer- oder Totenfeier aus seinem Erdenleben verabschiedet. Auf vielen Friedhöfen werden zunehmend Bestattungen ohne Feier und Geleit registriert.

Familie und Freunde eines Verstorbenen sollten sich allerdings gut überlegen, ob sie auf eine Abschiedsfeier ganz verzichten wollen. Auch wenn eine solche Feier sehr anstrengend sein kann, so stellt doch das gemeinschaftliche Gedenken, Beten, Weinen oder sogar Klagen um einen Toten für den Verlauf der Trauer ein reinigendes und tröstendes Ritual dar: Der unumgängliche Abschied wird in der Gemeinschaft vollzogen und damit auch von der Gemeinschaft bestätigt, so daß die Hinterbliebenen in ihrer privaten Trauer nicht mehr allein bleiben müssen. Sie können sich in einer solchen »Trauergemeinschaft auf Zeit« – sei es nun die Glaubensgemeinschaft oder der eigene Familien- und Freundeskreis – ein Stück weit aufgehoben und in ihrer schweren Aufgabe unterstützt fühlen.

Gläubige Verstorbene sollten auf jeden Fall durch einen Geistlichen ihrer Konfession bestattet werden. Darauf sollten auch Angehörige Rücksicht nehmen, die sich zu anderen Glaubensrichtungen bekennen oder überhaupt nicht kirchlich eingestellt sind. »Kirchlich unter die Erde zu kommen« kann aber auch für solche Menschen ein wichtiges Bedürfnis sein, die zu Lebzeiten vielleicht nur eine lose Bindung an ihre Glaubensgemeinschaft hatten. Auch Angehörige können durch eine konfessionelle Abschiedsfeier Stütze und Halt erhalten, weil in ihr zugleich mit dem Abschied vom Verstorbenen auch die im Glauben enthaltene Sinngebung allen menschlichen Lebens und Sterbens immer wieder von neuem ins Gedächtnis gerufen wird.

Abschied, Tod und Trauer fühlen sich schrecklich an, erschrecken und bewegen, rühren zu Tränen und können unser ganzes Lebensleid bloßlegen. Angehörige sind dadurch einerseits mit einer schmerzlichen Verlusterfahrung konfrontriert: Fast niemand kommt an der quälenden Frage »Warum gerade ich? Warum stirbt gerade mein Angehöriger?« und dem Gefühl der Sinnlosigkeit vorbei. Andererseits tauchen zugleich Gedanken an den eigenen Tod und damit auch Fragen der eigenen Lebensdeutung im Bewußtsein auf; die Frage »Ist mein eigenes persönliches Leben überhaupt sinnvoll?« kann im Angesicht des Todes des anderen eine ungeheure Bedeutung bekommen.

In einer Welt, die von Werbebildern glücklicher Menschen geprägt ist, fällt es vielen schwer, sich einer solchen Frage zu stellen und so negativ besetzte Gefühle wie Trauer und Schmerz und sogar Wut überhaupt bei sich selbst zuzulassen. So nimmt man lieber mit versteinerter Miene oder vielleicht sogar mit Hilfe von Tabletten Abschied, um nur keine unerwünschten Emotionen aufkommen zu lassen.

In einer überwältigenden Trauer kann eine solche »medizinische Ruhigstellung« manchmal unumgänglich sein. Doch sollte man sich auch bewußt sein, daß nur derjenige, der seine schmerzlichen und angeblich negativen Gefühle akzeptiert, sie überhaupt erleben kann. Gefühle sind etwas Lebendiges und Fließendes. Wenn sie wahrgenommen, akzeptiert und ausgedrückt werden, können sie wachsen, sich verändern, sich abschwächen und auch wieder vergehen. Das Ausdrücken der Gefühle kann sogar stärkend für das eigene Leben sein. Bleiben die Gefühle im Verborgenen stecken, werden sie keinem Gegenüber mitgeteilt, so können sie der Beginn einer inneren Erstarrung sein, die letztendlich krank macht.

Eine Trauerfeier kann zum Ventil für schmerzliche Gefühle werden und eine gewisse Öffentlichkeit schaffen, in der allen Beteiligten deutlich wird: Hier ist ein Menschenleben in seiner ganzen Einzigartigkeit zu Ende gegangen. Sie führt die Lebenden in seinem Namen zusammen und setzt dabei – wie auch immer sie gestaltet wird – zugleich sozusagen ein Zeichen gegen das allgemeine Erschrecken vor dem Tode. Damit kann jedem zugleich auch die Einzigartigkeit des eigenen Lebens bewußt werden. So ist eine Trauerfeier ein wichtiger und sinnvoller Ritus, der den Übergang von einem Zustand in einen anderen für die Lebenden markiert und erleichtert. Vielleicht hilft dieser Ritus ja auch den Toten auf ihren Wegen? Aus allen diesen Gründen scheint es mir außerordentlich wichtig, vor jeder Bestattung eine Feierstunde durchzuführen.

Üblicherweise nimmt man vom Verstorbenen so Abschied, daß er in seinem Sarg im Mittelpunkt der Handlung steht. Die Feier kann dabei in einem geschlossenen Raum oder am offenen Grab stattfinden. Manche Menschen wählen auch den Zeitpunkt der Urnenbeisetzung für eine gemeinsame Feierstunde oder besuchen bei einer anonymen Beisetzung später gemeinsam die Gräberfläche. Es steht mir nicht zu, zu beurteilen, welche Art für die Leidtragenden besser ist. Generell ist zu sagen, daß die Gegenwart eines toten Körpers in seiner Ganzheit natürlich größer und intensiver ist als die der Asche.

Ob aus der Abschiedsfeier eine große Veranstaltung wird oder ein kleiner Kreis von nahen Freunden und Verwandten zusammenkommt, oder wie lange die Feierstunde dauern soll, muß jeder selbst bestimmen. Wichtig scheint mir dabei, daß die Trauernden sich geborgen und aufgehoben fühlen dürfen, und daß den vielen Gefühlen und Erinnerungen, die vom Abschied ausgelöst werden, Raum gegeben wird.

Leidtragende können die Gestaltung einer solchen Feier als besondere Aufgabe für sich und für ihren Verstorbenen ansehen. Sie können diesem Abschied Bedeutung geben. Auch Menschen, die wissen, daß sie sterben werden, können den Ablauf der eigenen Abschiedsfeier allein oder mit Vertrauten im voraus planen. Die Hinterbliebenen sind an diese Wünsche gebunden, sofern sie sich umsetzen lassen.

Sterbende können sogar noch weitere spätere Zusammenkünfte vorausplanen. Ein Freund meiner Eltern ist mir im Gedächtnis geblieben: Er hatte einen Hirntumor und wußte, daß er bald sterben würde. Sein über viele Jahre fester Freundeskreis war jedes Jahr zum Geburtstag bei ihm eingeladen. An seinem letzten Geburtstag bat er alle, auch im nächsten Jahr an diesem Tag zusammenzukommen und auf sein Wohl anzustoßen, auch wenn er nicht mehr bei ihnen sein würde. Dieses Geburtstagsfest vereinte dann tatsächlich den Freundeskreis noch ein letztes Mal und hatte für alle eine besondere Bedeutung.

Gesetzliche Arbeitsbefreiung

Nach dem Gesetz bekommen Arbeitnehmer zwei freie Tage, wenn ein Angehöriger ersten Grades – also Vater oder Mutter, Ehegatte oder Kind – verstorben ist. Das ist viel zuwenig freie Zeit für die schwere Aufgabe, die den Angehörigen bevorsteht. Deshalb sollte jeder für sich überlegen, ob er die Möglichkeit hat, einige Urlaubstage hinzuzunehmen.

Wenn die Trauer zu schwer ist, sollte man außerdem einen Arzt seines Vertrauens zu Rate ziehen, der eine Krankschreibung ausstellen kann.

- **Eine Abschiedsfeier durchzuführen heißt, bewußt mit den eigenen Gefühlen und denen anderer umzugehen und Trauer zu ermöglichen.**
- **Gesetzlich bekommen Arbeitnehmer zwei freie Tage, wenn ein Angehöriger ersten Grades verstorben ist.**

Über die christliche Bestattung

Eine von Hinterbliebenen und Angehörigen selbst gestaltete Trauerfeier ist nicht die Regel. Die meisten Menschen überlassen diese Aufgabe einem Geistlichen oder einem außerkonfessionellen Redner.

In Europa war die christliche Kirche jahrhundertelang allein für Abschiedsrituale und Begräbniswesen zuständig. Erst seit dem 19. Jahrundert hat sich überhaupt eine Bestattungskultur außerhalb des kirchlichen Raumes herausgebildet. Daher besitzt die christliche Kirche im Rahmen ihrer Glaubensvorstellungen eine lange Tradition. Die Ermöglichung der Trauer gilt in ihr als eine wesentliche Aufgabe.

Die christlichen Gemeinschaften sehen im Begräbnis einen Ehrendienst, den die Gemeinde dem verstorbenen Gläubigen erweist. Sie gedenken dabei – so heißt es in einem entsprechenden Text der deutschen Bischöfe – des Todes und der Auferstehung Jesu Christi und geben ihrer gläubigen Hoffnung auf seine Wiederkunft und die Auferstehung der Toten Ausdruck. Weiter heißt es dort, daß eine kirchliche Begräbnisfeier damit immer auch Verkündigung der Osterbotschaft im Blick auf die Verstorbenen ist (Die deutschen Bischöfe / 53, S. 42).

Zugleich wird das Begräbnis als Möglichkeit der Besinnung auf das Todesschicksal des Menschen, auf Gottes Gericht und Barmherzigkeit und auf die Erlösung angesehen. Da auch der erlöste Mensch versagt und sündigt, legt die Gemeinde Fürbitte für ihn ein. Die Fürbitten für die Verstorbenen machen deutlich, daß die Auferstehung der Toten nicht eine bare Selbstverständlichkeit, sondern eine gnadenhafte Rettung durch Gott ist. Neben der Stützung und dem Trost für die Trauernden möchte das christliche Begräbnisritual also auch Mahnung zum Bedenken des eigenen Lebens im Angesicht des Todes sein.

Das Recht auf ein christliches Begräbnis steht grundsätzlich jedem zu, der die Taufe empfangen hat. Zuständig ist in der Regel der Geistliche, zu dessen Bereich (in der Regel: Pfarrgemeinde) der Verstorbene gehört hat. Es ist aber auch möglich, sich an einen anderen Geistlichen zu wenden. Dieser wird sich dann mit den jeweils zuständigen Gemeindeleitern verständigen. In einigen katholischen Diözesen haben neben den Pfarrern und Diakonen auch hauptamtliche Pastoralreferenten und -referentinnen die Bevollmächtigung zur kirchlichen Beerdigung.

Daß es manchmal Probleme geben kann, verschweigen auch die Bischöfe in ihrer Schrift nicht: Seelsorger übernehmen zuweilen nur unwillig Beerdigungen. Bestatter und Hinterbliebene empfinden die Liturgien als lebens- und situationsfremd, die Ansprachen als unpersönlich und den Vollzug des Bestattungsrituals als routinemäßig, heißt es in dem Text (Die deutschen Bischöfe / 53, S. 63ff).

Dagegen haben manche Seelsorger Schwierigkeiten mit Christen, die ihrer Gemeinde fernstehen. Ob und wen ein Geistlicher beerdigt, liegt bis zu einem gewissen Grad in seinem eigenen Ermessen. Offiziell heißt es, daß ein kirchliches Begräbnis dann versagt werden kann, wenn es im Widerspruch zum Leben und Tod des Verstorbenen liegen würde. Ein solches antikirchliches Verhalten muß bekannt und Gegenstand öffentlichen Ärgernisses sein.

Generell wird das Recht auf ein christliches Begräbnis durch den Kirchenaustritt verwirkt. Allerdings kann ein Geistlicher eine Ausnahme machen, wenn zum Beispiel der Verstorbene vor dem Tode Zeichen von Reue erkennen ließ. Kirchenrechtlich ist die Teilnahme der Kirche an der Bestattung ihrer Mitglieder in den Lebensordnungen der evangelischen Kirche und in den Canones 1203–1242 des Codex Iuris Canonici (CIC) für die römisch-katholische Kirche geregelt.

Wesentliche Merkmale einer christlichen Bestattung sind die Teilnahme des Geistlichen, der die Feier leitet, und die Gestaltung der Bestattung nach kirchlichem Ritus. In Ablauf und Inhalt unterscheiden sich die beiden großen christlichen Konfessionen. Die Feiern selbst können aber auch innerhalb der Religionsgemeinschaften von den Traditionen eines Ortes bestimmt sein und deswegen von Ort zu Ort sehr unterschiedlich abgehalten werden.

Zum katholischen Begräbnisritus gehören vier Schwerpunkte: die Eröffnung, die Verkündigung des Wortes Gottes, die Eucharistiefeier und die Verabschiedung oder Beisetzung. Diese Stationen können in der Trauerfeier je nach den örtlichen Gegebenheiten unterschiedlich miteinander verbunden werden.

Jede Feier beginnt mit einer Eröffnung oder Begrüßung der Teilnehmer, die kurz auf die Begräbnis- und – wenn sie gleichzeitig stattfindet – die Eucharistiefeier eingestimmt werden sollen. Die Eucharistiefeier ist der Höhepunkt des katholischen Ritus. Sie kann nur in einem geweihten Raum stattfinden. Durch sie »verkündet die Gemeinde den Tod und die Auferstehung des Herrn und vereinigt sich mit seinem Opfer und wird in ihm auch mit dem Verstorbenen verbunden. Die Gläubigen, besonders die Angehörigen des Verstorbenen, sollen in der Eucharistiefeier nach Möglichkeit das Herrenmahl empfangen« (Die kirchliche Begräbnisfeier ..., S. 15f).

Weitere Elemente der katholischen Begräbnisfeier sind die Lesungen aus der Heiligen Schrift, die so ausgewählt werden sollen, daß sie möglichst der persönlichen Situation der Anwesenden entsprechen. An die Lesungen schließt sich in der Regel eine kurze Auslegung des Textes an. Sie kann auch das Leben des Verstorbenen miteinbeziehen. Anstelle dieser Auslegung kann aber auch ein Meditationstext vorgetragen werden. Außerdem gehören der gemeinsame Gesang, Gebete und Fürbitten zum Ritus eines katholischen Begräbnisses.

Nur auf dem Land kann heute eine katholische Trauerfeier noch damit beginnen, daß der Geistliche im Trauerhaus den Verstorbenen mit Weihwasser besprengt und zusammen mit den Anwesenden Psalmen im Namen des verstorbenen Christen betet. Damit wird ausgedrückt, daß dieser Tote jetzt sein Heim und damit zugleich seine und unsere Welt verläßt. Daran schließt sich der gemeinsame Gang zum nahegelegenen Friedhof an. Dort wird je nach örtlichen Gepflogenheiten in der Kirche oder direkt am Grabe Abschied genommen.

In der Stadt tritt der Geistliche der Trauergemeinde dagegen meist erst in der Kirche oder auf dem Friedhof entgegen. Findet die Feier in einer Kirche statt, so stellt man den Sarg vor dem Altarraum direkt auf dem Boden auf. Er soll inmitten der Gemeinde und nicht erhöht stehen. Beim Sarg leuchtet die Osterkerze, die Taufkerze der Gemeinde. Auf den Sarg wird ein Zeichen der Zugehörigkeit des Verstorbenen zum Volk Gottes gelegt: das Evangelienbuch, die Bibel oder das Kreuz als Zeichen Christi. Die Verabschiedung des Verstorbenen erfolgt nach vorgegebenem Ritus mit Gebeten und Wechselgesängen, die auf die christliche Auferstehungshoffnung ausgerichtet sind.

Findet der Abschied in einem geweihten kirchlichen Raum statt, bildet die Eucharistiefeier seinen Höhepunkt. Findet der Abschied in einem anderen Raum oder unter freiem Himmel statt, so findet die Eucharistiefeier zum Beispiel im Rahmen eines sonntäglichen Gottesdienstes oder als gesondertes Requiem für den Verstorbenen statt.

Meist schließt sich der gemeinsame Gang hinter dem Sarg zum Grab an die Abschiedsfeier an. Mancherorts wird dem Sarg ein Kreuz vorangetragen. Am Grab entbietet die Gemeinschaft ihrem verstorbenen Mitglied den feierlichen Abschiedsgruß. Dabei wird der Sarg in die Gruft hinabgelassen. Dann wirft der Geistliche mit der Schlußformel »Von der Erde bist du genommen, und zur Erde kehrst du zurück. Der Herr aber wird dich auferwecken« Erde auf den Sarg und macht das Kreuzzeichen. Es folgen Fürbitten und Gebete, in denen auch des Menschen gedacht wird, der als nächster beerdigt werden wird. Ein abschließendes Segenswort beendigt den Ritus.

Leichenreden, in denen das Leben des Verstorbenen noch einmal gewürdigt wird, werden in katholischen Gemeinden nicht überall gehalten. Sie gehören nicht zum kirchlichen Begräbnisritus, sind aber auch nicht verboten. So finden sie in einzelnen Diözesen regelmäßig statt, während sie in anderen nicht erwünscht sind.

Beim evangelischen Begräbnisgottesdienst steht dagegen die Leichenpredigt im Mittelpunkt der Feier. Sie soll gleichermaßen dem Verstorbenen wie den Hinterbliebenen gelten: »Sie ist der Ort, dieses Leben als die einmalige Geschichte Gottes mit diesem Menschen zu bezeugen und zu deuten; sie hat ihre Aufgabe darin, dieses Leben in den Horizont der Schöpfung, der Erlösung und der Vollendung zu stellen« (Agende, S. 19f). Auch zur evangelischen Feier gehören Gebete, unter anderem auch das fürbittende Gebet für die Toten und für die, denen als nächstes der Tod bevorsteht; die Lesung biblischer Texte des Alten und des Neuen Testamentes, wobei auch hier die Psalmen eine große Rolle spielen, und der gemeinsame Gesang. Wie der katholische Priester begleitet auch der evangelische Pfarrer den Verstorbenen im Talar bis zum Grab, wenn die Feier auf einem Friedhof stattfindet. Die Einsenkung in die Gruft, der Erdwurf und der Segen ähneln dem katholischen Ritus, auch wenn die Worte eine etwas andere Gewichtung haben. Das Abendmahl ist dagegen kein Bestandteil des evangelischen Begräbnisrituals.

Wenn man eine kirchliche Bestattung wünscht, muß man selbst oder durch seinen Bestatter zwei Termine mit dem zuständigen oder einem Geistlichen eigener Wahl ausmachen: für ein Beerdigungsgespräch und für die Trauerfeier selbst.

Im Mittelpunkt des Beerdigungsgespräches steht für viele Geistliche die Begleitung der Hinterbliebenen in ihrer Trauer. Sie fragen vielleicht zuerst danach, wie der Angehörige verstorben ist, und wie die Hinterbliebenen das Geschehen empfunden und wahrgenommen haben. Daraus ergibt sich der weitere Gesprächsverlauf, der zu der Lebensgeschichte des Verstorbenen, seinen Familienzusammenhängen und seinen Glaubensvorstellungen führt. Manche Geistliche machen sich dabei Notizen, andere verlassen sich auf ihre Wahrnehmung, aus der heraus sie später ihre Beerdigungsansprache gestalten. Natürlich kann und sollte man in dieses Gespräch die eigenen Vorstellungen einbringen und dem Geistliche solche Bibelstellen, Texte, Gebete, Lieder und Musikstücke nennen, die der Verstorbene bevorzugte und/oder die man selbst gern bei der Abschiedsfeier hören möchte.

Insgesamt ist aber der oder die Geistliche für die kirchliche Trauerfeier, sie wird auch Gottesdienst zur Bestattung genannt, verantwortlich und hat daher auch die Entscheidung darüber, welche Nachrufe und Zeremonien, Lieder und Gesänge und welche Musik in diesem Gottesdienst vorkommen können.

- **Die Kirche besitzt im Rahmen ihrer Glaubensvorstellungen eine lange Tradition in der Gestaltung von Trauergottesdiensten durch Ritus und Verkündigung. Die Ermöglichung der Trauer wird darin als eine wesentliche Aufgabe angesehen.**
- **Für Kirchenmitglieder sollte man eine konfessionelle Trauerfeier abhalten lassen.**
- **Zuständig ist in der Regel der oder die Geistliche, in dessen oder deren Bereich der Verstorbene gelebt hat. Man kann sich aber auch an einen anderen wenden.**

- Das Recht auf ein christliches Begräbnis steht grundsätzlich jedem Getauften zu. Ein Geistlicher kann es aber aus eigenem Ermessen ablehnen, wenn es im Widerspruch zum Leben und Tod des Verstorbenen liegen würde; zum Beispiel bei einem Kirchenaustritt. Wenn der Verstorbene vor dem Tode Zeichen von Reue oder von einer Hinwendung zum christlichen Glauben erkennen ließ, kann er kirchlich bestattet werden.

Was man bei einer Trauerfeier bedenken muß

Im folgenden soll der mögliche Ablauf einer Trauerfeier mit allen Punkten, die zu bedenken sind, dargestellt werden. Dabei gibt es natürlich unendlich viele Gestaltungsmöglichkeiten, die teilweise auch in einer konfessionellen Feier ihren Platz finden können. Da eine konfessionelle Feier aber – wie oben dargestellt – ihre eigenen Regeln hat und man zudem mit dem Geistlichen vieles absprechen kann, wird hier von einer Feier ohne kirchlichen Beistand ausgegangen.

Man kann eine Trauerfeier ganz und gar in Eigenregie durchführen. Man kann Teile davon oder alles einem Bestattungsunternehmen als Dienstleitung überlassen. Die Firma übernimmt dann die vielfältigen organisatorischen Aufgaben. Man kann einen Geistlichen oder einen Trauerredner hinzuziehen, um den Ablauf der Feier gemeinsam festzulegen. In jedem Fall aber müssen die Rahmenbedingungen besprochen, geplant und festgelegt werden:

Leitung der Feier

Während bei einer Trauerfeier mit dem Beistand eines Geistlichen der Inhalt und viele Abläufe im wesentlichen vorgegeben sind, müssen die Angehörigen, die diese Hilfe nicht in Anspruch nehmen, eigenständig Ablauf und Inhalte bestimmen. Meist bringen die nächsten Angehörigen kaum die Kraft auf, die Trauerfeier selbst zu leiten.

Diese Aufgabe kann ein Verwandter oder guter Freund oder ein professioneller Trauerredner übernehmen.

Trauerredner haben nicht immer den besten Ruf. Doch gibt es viele unter ihnen, die ihren Beruf sehr ernst nehmen und den Angehörigen in ihrer Trauer helfen wollen. Im besten Falle plant ein Trauerredner zusammen mit den Angehörigen die Feier und versucht ebenso wie der Geistliche mit Hilfe seiner Erfahrung und seines Einfühlungsvermögens, die Wünsche und Vorstellungen des Verstorbenen und der Hinterbliebenen herauszuarbeiten und umzusetzen. Wie oben schon gesagt, ist das für alle Beteiligten zugleich ein Stück konkreter Trauerarbeit, besonders wenn mehrere Gespräche erforderlich sind. Es kann auch sein, daß der Trauerredner mit verschiedenen Angehörigen spricht und dadurch in seiner Rede ein umfassendes Bild vom Leben des Toten ausmalen kann. Mir erzählte ein Redner, daß manchmal Angehörige nach der Feier zu ihm kommen und erstaunt sagen, daß sie ihren Verstorbenen danach in einem ganz anderen Licht sehen können.

Im schlechtesten Falle wird ein Trauerredner in einer kurzen Unterhaltung Fakten und Daten des vergangenen Lebens abfragen und das wenige, das er dadurch vom Verstorbenen weiß, mit pathetischen Floskeln garnieren. Deshalb sollte man beim ersten Kontakt mit einen fremden Redner unbedingt darauf achten, ob man Sympathie empfindet und ob ein echtes Gespräch stattfindet.

Bisher kann jeder Trauerredner werden, der sich dazu berufen fühlt. Einige Redner und Rednerinnen haben sich zu einer Bundesarbeitsgemeinschaft zusammengeschlossen, in der gemeinsame Ziele festgelegt und Fortbildungsseminare aufgebaut werden sollen. Dort kann man sich Adressen von Trauerrednern in der eigenen Region nachweisen lassen. Auch größere Bestattungsinstitute haben eine Liste solcher Adressen und veranstalten Fortbildungen für die Redner, mit denen sie zusammenarbeiten.

- **Die Leitung einer kirchlichen Feier wird vom Geistlichen wahrgenommen.**
- **Die Leitung einer weltlichen Feier kann nahe Angehörige überfordern. Dann sollte ein Verwandter, ein guter Freund oder ein professioneller Trauerredner sie übernehmen.**

Ort und Zeit

Wenn die Abschiedsfeier nicht am offenen Grab stattfindet, muß als erstes der Raum ausgewählt werden, in dem sie abgehalten werden soll. Dabei kann es sich sowohl um die Feierhalle eines Friedhofs oder eines Krematoriums wie um eine Kirche handeln, wenn der Kirchenvorstand damit einverstanden ist. Es gibt kein gesetzliches Verbot, den geschlossenen Sarg zur Begräbnisfeier in eine Kirche zu bringen, außer bei Tod durch eine ansteckende Krankheit. Vereinzelt haben inzwischen auch Bestattungsunternehmen eigene Räume für Abschiedsfeiern eingerichtet, um den Wünschen ihrer Kunden entsprechen zu können. Bei einer Aufbahrung zuhause kann man auch dorthin zu einer Abschiedsstunde einladen, bevor der Verstorbene zum Friedhof oder zur Kremation gebracht wird.

Wie gesagt, kann man auch eine Urnenfeier ausrichten. Da deutsche Friedhöfe aber Privatpersonen keine Urnen aushändigen, muß man einen Bestatter einschalten, wenn die Feier nicht im Krematorium oder in einer Friedhofskapelle stattfinden soll.

Auf kommunalen Friedhöfen können alle Religionsgemeinschaften kirchliche Feiern ohne besondere Erlaubnis durchführen. Ebenso sind dort andere Bestattungsfeiern nichtkonfessioneller Art – zum Beispiel von Weltanschauungsgemeinschaften oder mit freien Rednern – grundsätzlich gestattet.

Auf kirchlichen Friedhöfen kann es dagegen sein, daß der zuständige Geistliche oder Kirchenvorstand, die »Ausübung kirchlicher Amtshandlungen« durch Geistliche anderer Gemeinden oder freie Redner erst genehmigen muß. Manchmal braucht man auch für musikalische Darbietungen bei der Bestattungsfeier oder am Grab eine besondere Genehmigung. Danach sollte man sich vorher erkundigen.

Will man sich bei der Feierstunde nicht an die übliche Aufstellung des Sarges – meist gibt es einen etwas erhöhten Platz, auf den die Stuhlreihen ausgerichtet sind – halten, so sollte man schon bei der Auswahl des Raumes darauf achten, ob er eine freie Gestaltung erlaubt. In moderner ausgestatteten Räumen sind z.B. die Stühle meist nicht mehr fest verankert, sondern lassen sich leicht umstellen.

Den Raum reserviert man beim Friedhofs- oder Gemeindebüro für den Termin der Feierstunde. Kirchen stehen Gemeindemitgliedern meist kostenfrei zur Verfügung, allerdings fallen manchmal in der kälteren Jahreszeit Heizkosten an. Für die Benutzung von Friedhofskapellen und anderen Räumen muß fast immer eine Gebühr bezahlt werden. Außerdem muß man auf jeden Fall fragen, wie lange der Raum zur Verfügung steht. Oft finden nämlich in Friedhofskapellen die Abschiedsfeiern in einem Zeittakt von einer Dreiviertel- oder sogar nur einer Viertelstunde statt. Wenn Sie mehr Zeit haben möchten, müssen Sie das vorher abklären und natürlich entsprechend bezahlen.

Wenn Sie den Raum selbst reservieren und zugleich den Termin für die anschließende Beerdigung festlegen wollen, ist das manchmal für die Mitarbeiter der Friedhofsbüros ungewohnt, da sie – zumindest in Großstädten – fast nur noch mit Bestattungsunternehmern zu tun haben. In diesem Fall wird es wieder sehr hilfreich sein, wenn ein Angehöriger oder Freund diese bürokratischen Aufgaben übernimmt. Er muß dann allerdings eine von Ihnen unterschriebene Vollmacht vorweisen.

Denken Sie bei der Reservierung eines Raumes daran, daß sie den Termin der Trauerfeier zugleich sowohl mit dem Friedhofs- oder Kirchenbüro, als auch mit dem Geistlichen, Trauerredner oder demjenigen, der die Feier leiten soll, absprechen müssen.

- **Trauerfeiern kann man an verschiedenen Orten abhalten (Feierhalle eines Friedhofs oder eines Krematoriums, Kirche oder Kapelle, in den Räumen eines Bestattungsunternehmens, zuhause oder am Grab).**
- **Der Feierraum muß für ein bestimmtes Datum und einen bestimmten Zeitraum reserviert werden. Der Termin muß mit demjenigen, der die Feier leiten soll, abgestimmt werden. Die Nutzung des Raumes ist mit Kosten verbunden.**
- **Auf kirchlichen Friedhöfen haben der zuständige Geistliche oder der Kirchenvorstand das Hausrecht. Wenn ein Fremder die Feier abhalten soll, muß um Erlaubnis gebeten werden. Das kann auch für das Abspielen von Musik gelten. Auf kommunalen Friedhöfen ist jede Art der Feier erlaubt.**

- **Will man in der Sitzordnung eigene Vorstellungen verwirklichen, sollte man darauf achten, ob das Gestühl fest eingebaut ist.**

Trauerbriefe und Todesanzeige

Wenn Ort und Zeit der Trauerfeier festliegen, muß die Nachricht an Angehörige, Freunde und Berufskollegen weitergegeben werden. Früher sagte ein Leichenbitter den Nachbarn den Tod an. Heute kann man selbst – ein guter Freund oder eine Verwandte kann Trauernden diesen Dienst abnehmen – die Nachricht telefonisch übermitteln. Meist verschickt man aber persönliche Trauerbriefe und/oder gibt eine Todesanzeige in der örtlichen Presse auf. Natürlich gibt es auch die Möglichkeit, moderne Medien wie Fax und Internet für Todesanzeigen zu nutzen. Doch scheinen die meisten Menschen die traditionelle Briefform für passender zu halten.

Ob man mit einer Todesanzeige in der Presse die Nachricht einer breiteren Öffentlichkeit mitteilen will, hängt von der persönlichen Entscheidung ab. Hilfreich kann die Anmerkung einer Freundin sein: Sie hatte es sehr bereut, daß sie sich beim Tode ihres Vaters gegen eine solche Anzeige entschieden hatte. Der Vater war Geschäftsmann gewesen. Es war noch lange nach seinem Tode sehr schmerzlich, wenn entferntere Geschäftspartner anriefen, die mit ihm etwas besprechen wollten und nichts von seinem Tod wußten. Sie mußte ihnen dann unvermittelt am Telefon sagen, daß ihr Vater nicht mehr lebte.

Für Traueranrufe und -briefe muß man sich eine Adressenliste derjenigen zusammenstellen, die benachrichtigt werden sollen. Vergessen Sie die Freunde und Bekannten Ihres Verstorbenen nicht. Auch wenn Sie sie nicht kennen, haben sie doch auch ein Recht, von ihrem Freund oder ihrer Freundin Abschied zu nehmen. Briefumschläge mit schwarzem Rand übermitteln die Todesbotschaft sozusagen schon von weitem und sind allgemein üblich. Bestattungsunternehmen und Papiergeschäfte haben sie vorrätig.

Das Abfassen der Todesnachricht kann für Trauernde eine sehr schmerzhafte und aufregende Arbeit sein. Der Tod selbst ist noch ganz nahe, und der Zwang, diese Tatsache in Worte zu fassen und anderen schriftlich mitzuteilen, macht ihn wieder in seiner ganzen Schmerzlichkeit bewußt.

Todesanzeigen sind immer ein persönlicher Ausdruck des Verlustes. Auch wenn man Musteranzeigen eines Bestattungsunternehmens oder einfach die Seite mit den Todesanzeigen einer beliebigen großen Tageszeitung zu Rate zieht, ist man doch gezwungen, über die eigene Aussage nachzudenken.

Ein Trauerbrief bzw. Anzeige sollte folgende Punkte unbedingt enthalten:

- den Namen des Verstorbenen (bei Frauen sollte der Mädchenname nicht vergessen werden);
- Ort mit Anschrift, Tag und Stunde der Trauerfeier (z.B. der Satz: *Die Trauerfeier findet am ... um ... Uhr in der Friedhofskapelle, Straße ... Hausnummer... Ort ... statt*).

Es gibt natürlich auch die Möglichkeit, daß keine Trauerfeier stattfindet, und man nur über den Tod informieren möchte. Dann kann man solche Aussagen wie *»Die Beisetzung findet in aller Stille statt«* oder *»Wir nehmen Abschied im engsten Familienkreis«* benutzen oder überhaupt keine Aussage dazu machen.

Möchte man gern weitere Information über den Verstorbenen mitteilen, dann gehören dazu:

- die Lebensdaten (z.B.: *geboren am ... in ... gestorben am ... in ...*);
- der Titel oder die Berufsbezeichnung des Verstorbenen;
- die Namen der Angehörigen bzw. bei einer Zeitungsanzeige auch die Namen der Freunde, Berufskollegen, Parteigenossen oder der Firma, die die Anzeige aufgeben (z.B. *»Therese Walter, Tochter / im Namen aller Anverwandten«* oder eine Liste der Namen der näheren Angehörigen).

Wem diese karge Form der Mitteilung zuwenig ist, der kann seine Anzeige durch ein Zitat, ein Symbol, ein Bild des Verstorbenen oder eine persönliche Aussage erweitern. Am leichtesten ist es, ein Foto des Verstorbenen auszuwählen. Vielleicht gibt es auch ein Zitat, zum Beispiel einen Bibelspruch, der das Lebensmotto des Verstorbenen bildete; einen stärkenden Satz, der öfter gebraucht wurde, wenn der Mut sinken wollte; ein Gedicht, das besonders geliebt wurde.

Bei der Auswahl eines Symbols sollte man sich fragen, welches Bild oder Zeichen das Leben des Verstorbenen bestimmt hat. Für viele werden Tod und Auferstehungshoffnung durch das christliche Kreuz am besten symbolisiert. So gibt es dafür ganz unterschiedliche Formen als Vorlagen für Todesanzeigen. Manchmal aber kann ein anderes Symbol eine wichtige Rolle im Leben gespielt haben. Dann sollte man versuchen, eine gute Abbildung als Druckvorlage zu finden.

Man kann auch den schwarzen Rand der Anzeige symbolisch auflösen. Mich hat zum Beispiel ein Trauerrand für einen Musiker beeindruckt, der ganz aus Musikinstrumenten und Noten gezeichnet war.

Schwieriger kann es sein, eine persönliche Aussage als Text zu formulieren. Üblicherweise werden darin

- die Umstände des Todes näher erläutert und die Art des Lebens beschrieben, das zuende gegangen ist;
- die Trauernden in ihrer Verbindung zu dem Toten benannt;
- dem Gefühl der Trauer Ausdruck gegeben.

Für die Umstände des Todes stehen meist einfache Aussagen wie *»nach langer schwerer Krankheit«, »nach geduldig ertragenen Leiden«* oder *»plötzlich und unerwartet durch Unfall oder Krankheit starb ...«*; für die Art des Lebens die Worte *»nach einem Leben voller Liebe, Güte und Fürsorge«, »ein langes und erfülltes Leben«*.

Vielleicht aber trifft etwas ganz anderes auf Ihren Verstorbenen zu? Dann versuchen Sie doch, die Tatsachen in einem schlichten Satz zu beschreiben. Freunde einer an Aids Verstorbenen schrieben zum Beispiel ganz einfach nur: *»Am ... starb ... im Krankenhaus ... (Ort und Name) ... im Kreis ihrer Freunde. Die Trauerfeier findet am ... in ... um ... statt.«*

Wenn man einen persönlichen Text verfassen möchte, kann man zuerst ruhig genau das aufschreiben, was einem gerade dazu einfällt.

Es kommt nicht auf den Schreibstil und die Rechtschreibung an, sondern darauf, ob die Aussage von Herzen kommt. Wenn man Zweifel hat, kann man den Text ändern und verbessern oder jemand anderem zur Korrektur geben.

Das Wort *sterben* wird in Traueranzeigen sehr häufig vermieden. Es gibt dafür eine Vielzahl von Umschreibungen: *»ging (für immer) von uns«, »entschlief«, »ist eingeschlafen«, »hat seinen Frieden gefunden«, »jemandes nimmermüde Hände ruhen für immer«, »jemand wurde (durch einen sanften Tod) erlöst«.*

Auf einer persönlicheren Ebene sprechen die Hinterbliebenen von ihrem Verlust: *»Wir haben den Mittelpunkt und Halt unseres Lebens verloren«, »wir trauern um ...«, »wir nehmen Abschied von ...«.*

Dem christlichen Glauben geben Formulierungen Ausdruck wie: *»Gott der Herr hat ... zu sich gerufen«, »... ist im Glauben an die Auferstehung gestorben«, »Der Herr über Leben und Tod nahm ... zu sich in die ewige Heimat oder in den ewigen Frieden«, »nach Gottes heiligem Willen verschied ...«* oder auch der schlichte Wunsch *»Gott schenke ihm ewiges Leben«.*

Wem solche Umschreibungen für das Sterben fremd und unpersönlich erscheinen, sollte die eigene Sprache benutzen. Man sollte sich auf keinen Fall von anderen dazu drängen lassen, bestimmte Worte zu benutzen oder zu vermeiden, weil es angeblich so üblich ist.

Möchte man die eigene Verbindung zum Verstorbenen ansprechen, so werden meist Verwandtschafts- oder Freundschaftsbeziehungen genannt. Man kann aber auch schreiben, daß man *»ein langes Leben in Freude und Leid geteilt«* hat, oder beschreiben, wie die Beziehung zueinander auch immer ausgesehen haben mag.

Dabei sollte man daran denken, wer der Adressat der Todesbenachrichtigung ist. Es kann sein, daß man für die Formulierung einer öffentlichen Todesanzeige in einer Tageszeitung lieber Standardsätze verwendet, um einer breiten Allgemeinheit die Tatsache des Todes mitzuteilen. Für die Karten oder Briefe an engere Freunde und Bekannte kann man dann einen anderen Text formulieren, der persönliche Bindungen und Gefühle erkennen läßt.

Wenn man eine ganz persönliche Trauerfeier gestalten will, so kann man im Trauerbrief auch Wünsche an die Teilnehmer aussprechen:

zum Beispiel, daß sie einen symbolischen Ausdruck für ihre Beziehung zu dem Verstorbenen suchen und mitbringen möchten. Oft findet man die Bitte, keine Blumen und Kränze mitzubringen, sondern statt dessen eine Spende an eine bestimmte Organisation zu überweisen.

Bestattungsunternehmen helfen bei der Abfassung von Trauerbriefen und Anzeigen und geben den Druck in Auftrag. Viele können sogar im eigenen Betrieb drucken. Man kann aber auch fast jeder Druckerei einen solchen Auftrag geben.

Trauerbriefe können auf unterschiedlichem Papier und in unterschiedlicher Größe gedruckt werden. Ebenso wie bei Traueranzeigen in der Zeitung, wo die Größe und der Textumfang der Anzeige den Preis bestimmen, ist die Gestaltung nicht nur eine Geschmacks-, sondern auch eine Kostenfrage. Sie wird von der Größe der Anzeigenfläche, der Art und Größe der Buchstaben und von der Art, wie Buchstaben und Symbole in der Anzeigenfläche angeordnet werden, also dem Layout, bestimmt. Dafür gibt es bei den Firmen Vorlagen, aus denen man auswählen kann. Im übrigen gibt es sogar Bücher, in denen besonders interessante Anzeigen gesammelt sind, und spezielle Handreichungen bei den Kirchen und den Bestattern, die ausführlichere Hilfestellungen geben.

Natürlich muß man so viele Briefe drucken lassen, wie man verschicken möchte. Es ist gut, sich ein paar Anzeigen und Briefumschläge darüber hinaus zu besorgen, weil man sich bei den Adressen, oder wenn man dem gedruckten Text ein persönliches Wort hinzufügt, leicht verschreibt.

Alternativ zum Druck kann man einen ganz persönlichen Trauerbrief selbst herstellen, wenn man den Text handschriftlich, mit der Schreibmaschine oder dem Computer auf ein schwarz umrandetes Blatt schreibt und ein Symbol dazu zeichnet oder aufklebt. Mit schwarzer Tinte oder Kugelschreiber geschrieben, läßt sich ein solches Blatt auf jedem Fotokopierer beliebig oft vervielfältigen.

Für den Versand von Traueranzeigen muß man:

- **eine Adressenliste der zu Benachrichtigenden zusammenstellen (man sollte dabei die Freunde und Bekannten des Verstorbenen nicht vergessen);**

- **den Text formulieren; die wichtigsten Aussagen sind: Name des Verstorbenen, Ort und Zeit der Trauerfeier;**
- **Anzeige drucken lassen oder kopieren, bzw. in der örtlichen Presse aufgeben;**
- **Briefumschläge besorgen – besser etwas mehr als man Adressen hat, weil man sich leicht verschreibt –, Adressen schreiben, Briefe verschicken.**

Aufstellung des Sarges

Zur Feier muß der geschlossene Sarg vom Bestatter oder einem entsprechenden Transportunternehmen in den Feierraum gebracht werden, da der Leichentransport – wie erwähnt – nur in dafür zugelassenen Wagen erfolgen darf. Wenn die Feier nicht am Grab oder im Krematorium stattfindet, muß man auch für den Transport des Sarges nach der Feier zum Grab sorgen.

Auch bei einer Urnenfeier sollte man vorher nachfragen, wer die Urne in den Raum bringt und wer sie zum Grab trägt. Im Gegensatz zum Sarg kann man eine Urne leicht eigenhändig tragen. So können gerade die nächsten Angehörigen die Überreste des Verstorbenen auf diesem letzten Weg zum Grab in ihre eigene Obhut nehmen, wenn sie es gern möchten.

Eine Öffnung des Sarges bei der Totenfeier ist in den meisten Bundesländern verboten. In manchen Ländergesetzen sind allerdings Ausnahmemöglichkeiten vorgesehen. Möchte man eine Trauerfeier am geöffneten Sarg, so sollte man unbedingt einen Bestatter zu Rate ziehen.

Kurz vor der Feier kann man auf den Friedhöfen in einem separaten Abschiedsraum neben der Feierhalle oder in einer Aufbahrungshalle noch einmal Abschied vom Körper des Verstorbenen nehmen – mancherorts allerdings nur hinter Glas. Auch danach sollte man vorher fragen. Wenn man den Teilnehmern einen solchen direkten Abschied ermöglichen will, muß der Sarg von einem Bestattungsunternehmen vor der Feierstunde in den Abschiedsraum gebracht und geöffnet werden.

- **Die Trauerfeier darf nicht am geöffneten Sarg stattfinden.**
- **Für einen letzten Abschied vom Körper des Verstorbenen kann der Sarg direkt vor der Feier in einen Abschiedsraum auf dem Friedhof gebracht und geöffnet werden, wenn man es ausdrücklich wünscht.**

Dekoration der Feierhalle

Eine gewisse Dekoration des Feierraumes ist meist als Grundausstattung im Preis der Friedhofskapellen inbegriffen. Sie muß aber für eine weitere individuelle Ausgestaltung durch die Hinterbliebenen genug Raum lassen (Gaedke, S. 227).

Die übliche Dekoration, wie sie die Bestattungsunternehmen anbieten, besteht aus einem Sargschmuck – meist frische Blumen und mancherorts ein Bahrtuch, das über den Sarg gelegt wird – sowie einer unterschiedlich großen Anzahl von Leuchtern, Lorbeerbäumchen, Tüchern und Blumensträußen, die in hohen Vasen aufgestellt werden und farblich je nach Jahreszeit und Geschmack ausgewählt werden können.

Diese Dekoration ist, wenn sie vom Friedhof oder Bestattungsunternehmen gestellt wird, je nach Menge und Art unterschiedlich teuer. Die Kosten können – besonders bei dem frischen Blumenschmuck im Winterhalbjahr – rasch zu einer relativ hohen Summe auflaufen.

Man muß sich aber nicht unbedingt an das halten, was allgemein üblich ist. Es steht nirgendwo geschrieben, daß Sie bei einer Abschiedsfeier in Reihen vor dem Sarg und dem Rednerpult sitzen müssen. Sie können die Stühle genauso gut im Kreis um den Sarg herum aufstellen. So wird schon durch das Zusammensitzen eine Gemeinschaft gebildet, in der der Verstorbene noch einmal den Mittelpunkt bildet.

Sie müssen den Raum auch nicht mit großen Leuchtern und Blumenampeln dekorieren lassen. Ein Kapellenwärter erzählte mir einmal von der schönsten Abschiedsfeier, die er gesehen hatte. Es war Herbst gewesen, und die Angehörigen hatten den Fußboden und die Wände des ganzen Raumes mit buntem Laub und belaubten Ästen dekoriert. Sie können also den Sarg zum Beispiel auch mit einem selbstgepflückten Blumenstrauß aus dem Garten oder vom Wegesrand schmücken; oder Sie suchen im Blumengeschäft die Lieblingsblumen oder Blumen in der Lieblingsfarbe des Verstorbenen selbst aus und lassen sie zu einem Strauß binden; oder Sie streuen im Frühling frische Blüten. Hinter Blumenschmuck verbirgt sich immer auch der Gedanke, daß geschnittene frische Blumen und Pflanzen symbolisch zugleich für Leben und Tod stehen, und daß sie ebenso wie wir in den Kreislauf der Natur eingebunden sind.

Auch Dinge, die dem Verstorbenen lieb waren, Bilder oder Symbole für die Verbindung, die man mit ihr oder ihm hatte, können – neben dem Sarg – noch einmal von Nähe und Liebe zueinander Zeugnis ablegen.

Sie müssen auch nicht unbedingt die vielarmigen Kerzenleuchter der Bestattungsunternehmen verwenden. Manchmal lassen einfache Teelichte die Bedeutung des Lichtes viel intensiver spüren als die üblichen erhabenen Leuchter. Diese schlichten Lichte können in ihrer Vielzahl, wenn sie von den Trauergästen angezündet und neben den Sarg gestellt werden, zugleich zu einem Zeichen der Hoffnung und der Gegenwart einer höheren leuchtenden Kraft werden, die in jedem vorhanden ist.

So kann es in der Trauerfeier viele kleine, liebevolle Momente geben, die für die Angehörigen und Freunde die Verbindung zum Verstorbenen wiederaufleben und damit die gemeinsame Feierstunde zu einem persönlichen und bewegenden Abschied werden lassen. Dazu muß man allerdings bereit sein, vorher noch einmal ganz intensiv an den Verstorbenen zu denken, sich seine besonderen Vorlieben ins Gedächtnis zu rufen, sich an Gemeinsamkeiten zu erinnern und allen diesen Gefühlen und Gedanken einen Ausdruck oder eine Gestalt zu geben.

Dieser Ausdruck kann dann zum Beispiel auch ein Bild sein, das ich – wie ungelenk auch immer – für mich und ihn oder sie male. Es kann ein Urlaubsfoto, eine getrocknete Blume, ein Ring, eine Muschel oder vieles andere sein. Wenn es für unsere Verbindung steht und in der Mitte beim Sarg liegt, wird es eine besondere Kraft gewinnen. Von einer solchen Feier werden wahrscheinlich die meisten Beteiligten innerlich anders berührt werden, als es sonst üblich ist.

Wenn Sie Ihre eigene Dekoration nicht in einer kommunalen, sondern in einer kirchlichen Feierhalle oder einer Kirche ausführen wollen, sollten Sie allerdings vorher mit dem Geistlichen besprechen, ob er damit einverstanden ist.

- **Die Friedhofskapellen haben eine gewisse dekorative Grundausstattung. In ihnen muß aber Platz für eine individuelle Ausschmückung sein.**
- **Bestatter liefern: Sargschmuck in Form eines Blumengesteckes, ein Bahrtuch, unterschiedlich große Leuchter mit Kerzen oder anderen Lichtern, Blumensträuße in unterschiedlich großen Ampeln und anderes.**
- **Die Dekoration des Feierraumes kann man auch selbst durchführen und dabei eigene Ideen verwirklichen.**
- **In einem kirchlichen Raum sollte man seine Vorstellungen zur Dekoration vorher mit dem Geistlichen absprechen.**

Kleidung

Bis nach dem Zweiten Weltkrieg gab es – besonders für Witwen – mancherorts feste Regeln, wie man sich zu kleiden hatte und wie lange die Trauer durch die Kleidung nach außen hin sichtbar aufrechterhalten bleiben mußte. Für die Volltrauer im ersten Halbjahr oder Jahr nach dem Tod war ganz schwarze Kleidung geboten. Sie wurde von der Halbtrauer abgelöst, in der auch andere, aber nur gedeckte Farben getragen werden durften.

Heute gibt es keine allgemein verbindlichen Bekleidungsvorschriften mehr. Allerdings ist es noch heute in Deutschland üblich, zu einer Beerdigung in feierlicher schwarzer Kleidung oder mindestens in gedeckten Farben zu kommen. Wem das zu düster ist, der kann natürlich darum bitten, daß die Trauergäste nicht extra dunkle Sachen anziehen.

Manche Trauernde bevorzugen allerdings selbst für einen längeren Zeitraum schwarze Kleidung. Sie hilft ihnen, ihre Trauer nach außen hin mitzuteilen und sich zugleich vor der Außenwelt ein Stück weit abzuschirmen. Außerdem kann sie ihre melancholische Stimmung ausdrücken. Andere wählen lieber Farbiges, um die eigene Stimmung ein wenig aufzuhellen. Die Wahl der Kleidung ist heute jedem selbst überlassen. Sie wird im allgemeinen nur noch als Ausdruck der eigenen Persönlichkeit wahrgenommen.

Musik

Bei den meisten Friedhöfen gibt es mehrere Friedhofsmusiker, Sänger oder Instrumentalisten, die man für Trauerfeiern engagieren kann. In den Kirchen sind dafür die Organisten zuständig.

Nicht alle Friedhofskapellen besitzen eine kleine Orgel oder ein Harmonium, und wenn ein Instrument vorhanden ist, heißt das noch nicht, daß es auch gut klingt. Man muß sich also, wenn man Live-Musik hören möchte, nach den Möglichkeiten des Raumes und der Musiker richten. Natürlich kann man auch andere Musiker bitten, zu spielen, oder eine eigene Musikanlage mitbringen. Man muß allerdings in kirchlichen Räumen vorher eine Genehmigung dafür einholen.

Manche Räume für Trauerfeiern sind inzwischen mit Wiedergabegeräten und Lautsprechern ausgerüstet, so daß man dort die Musik abspielen kann, die man sich selbst ausgesucht hat.

Im allgemeinen wird erwartet, daß man für eine Trauerfeier eher gedämpfte und langsame Musik aussucht. Geistliche, Organisten und Friedhofsmusiker haben für diesen Anlaß ein Repertoire von Liedern und klassischen Stücken, aus dem man auswählen kann.

Wenn Sie aber gern das Lieblingsstück Ihres Verstorbenen noch einmal hören möchten, oder wenn Sie wissen, daß er oder sie gerade klassische Musik oder Kirchenlieder überhaupt nicht ausstehen konnte, so sollten Sie die Musik unbedingt nach Ihren eigenen Vorstellungen aussuchen, damit nicht im wahrsten Sinne des Wortes ein Mißklang entsteht.

Selbst in Kirchen ist es heute möglich, Musik außerhalb dessen, was als kirchlich eingeordnet wird, zu spielen. Auch ein populäres Stück aus dem jeweils neuesten Jugendkult kann zum Beispiel auf einer Trauerfeier Platz haben, wenn es die ureigene Musik eines verstorbenen Jugendlichen war. Dafür hat erfahrungsgemäß auch seine Oma Verständnis, wie es ein Bestatter formulierte.

Trauerrede

Wenn eine kirchliche Trauerfeier verabredet worden ist, wird der oder die Geistliche selbstverständlich das Wort führen. Man kann mit ihm verabreden, daß noch jemand anderes ein paar gedenkende Worte über den Toten spricht. Auch können Angehörige für die Trauerfeier noch einmal überlegen, was ihnen ihr Verstorbener bedeutet hat. Sie müssen das dann nicht unbedingt selbst aussprechen, sondern können ihren Text als persönlichen Beitrag dem Geistlichen geben, der ihn in seine Ansprache einbauen kann.

Auch ein nichtkonfessioneller Redner wird – wie gesagt – seinen Redetext aus den Gesprächen mit den Hinterbliebenen herausarbeiten. Freunde oder Freundinnen des Verstorbenen können diese Aufgabe ebenfalls übernehmen und aus ihrem eigenen Erleben das vergangene Leben wiedererstehen lassen.

Es geht bei einer Leichenrede immer darum, allen Anwesenden noch einmal – sozusagen in Anwesenheit des Verstorbenen, mit dessen Körper man ein letztes Mal zusammengekommen ist – von dem jetzt vergangenen Leben zu erzählen, es vielleicht auch zu gewichten, es aber sicher nicht zu verurteilen. Ein solches Urteil über einen anderen Menschen steht im Grunde keinem Mitmenschen zu.

Allerdings sollte man das geflügelte Wort »de mortuis nihil, nisi bene« (Über die Toten nichts als Gutes) auch nicht zu dem unbedingten Leitmotiv einer Leichenrede machen. Es gibt kaum einen Menschen, der nur Gutes in seinem Leben tut oder dessen Leben ohne Schwierigkeiten verläuft. Wenn man über das Leben berichtet und alles ausläßt, was es an Tiefen beinhaltet hat, so wird eine solche

Rede unwahr und hilft niemandem in der unausweichlichen Auseinandersetzung mit dem Vergangenen weiter.

Wenn man selbst eine Leichenrede halten soll und will, kann man die folgenden Fragen sozusagen als Gerüst nehmen:

- Wann und wo ist er oder sie geboren, wie sah seine Stellung und Rolle in seiner Familie aus?
- Wie ist er aufgewachsen?
- Wie hat er seine Beziehungen zu seinen Mitmenschen gelebt?
- Was hat er beruflich aus seinem Leben gemacht?
- Was war in seinem Leben wichtig, und was war unwichtig?
- Was hat besondere Freude gemacht, was hat ihn tief geschmerzt?
- Ist noch irgend etwas offen geblieben, das jetzt unbedingt angesprochen werden muß?
- Gibt es Worte oder Gedanken des oder der Verstorbenen, die die Anwesenden über den Tod hinaus begleiten können?
- Wie ist er oder sie gestorben?

Wenn dann neben einer gewissen Ehrlichkeit die Zuneigung und Liebe zu dem Toten in der Rede spürbar bleibt, wird dieses Gefühl auch die anderen berühren und in ihrer Trauer tröstend begleiten.

Im übrigen ist es natürlich auch möglich, eine Trauerrede selbst zu formulieren und aufzuschreiben, sie dann aber von jemand anderem vortragen zu lassen.

Ablauf einer nichtkonfessionellen Trauerfeier

Mit der folgenden Beschreibung einer Trauerfeier im außerkonfessionellen Bereich ist nicht gemeint, daß man jede Feier genau so gestalten sollte, sondern es soll nur eine Möglichkeit aus vielen dargestellt werden.

Denn es kann zum Beispiel auch sein, daß der Schmerz zu groß oder der Tod so furchtbar ist, daß man den Abschied einfach nur schnell hinter sich bringen will. Die kürzeste Trauerfeier, die ich erlebt habe, war die meines Vaters, der kurz nach der Goldenen Hochzeit meiner Eltern starb. Meine Eltern hatten schon vorher über seinen Tod gesprochen. Sie wünschten sich keinen Redner und keine größere Abschiedsfeier. Nur der engste Familienkreis wurde benachrichtigt. Als wir in der Friedhofskapelle zusammengekommen waren, wurde das Lied »So nimm denn meine Hände« gespielt. Es barg für beide zugleich die Erinnerung an erstes Liebesglück und symbolhaft eine Geborgenheit im Göttlichen in sich. Danach sprach eine Angehörige des Bestattungsinstitutes das Vaterunser. Der Sarg wurde aus der Kapelle getragen und in einen Wagen geschoben. Wir waren dahinter hinausgetreten und sahen zu, bis der Wagen abfuhr. Danach kamen wir alle bei meiner Mutter zum Kaffeetrinken zusammen.

Obwohl ich mir eine längere Trauerfeier gewünscht hätte, war es für mich doch ein sehr bewegender Abschied. Trotzdem hinterließ die Feier ein zwiespältiges Gefühl: Es gab wenig Hoffnung und fast gar keine Gemeinschaft in der schlichten Zeremonie. Das bewegte Leben meines Vaters erschien nicht noch einmal vor unseren Augen.

Persönlich finde ich es sehr viel hilfreicher, wenn eine Trauerfeier – gleichgültig ob konfessionell oder nicht – Elemente enthält, die Trauer und Erinnerung ermöglichen und für das Weiterleben nach dem Verlust bedeutsam sind. Als hauptsächliche Elemente sehe ich an:

- die Trauergemeinschaft wird zu einem gemeinsamen Erleben zusammengeführt, zu dem auch das Bedenken des eigenen Lebens gehört;
- der Name des Verstorbenen wird ausgesprochen, das Andenken an sein Leben darf aufleben;
- sein oder ihr Weiterleben in den Gedanken und Erzählungen der Angehörigen, in Taten und Werken wird deutlich;
- es wird öffentlich um Vergebung gebeten und gedankt;
- ein Segen für den Toten und die Lebenden wird gesprochen;
- mit der Beisetzung am Schluß der Feier oder in einer symbolischen Handlung wird der menschliche Körper dem ewigen Kreislauf der Natur wieder zurückgegeben, aus dem er stammt.

Im folgenden wird vorausgesetzt, daß der Sarg mit dem Verstorbenen in der Mitte eines Stuhlkreises steht, der nach eigenem Geschmack persönlich ausgeschmückt ist. Die Angehörigen und Freunde sind entweder gebeten worden, ein Symbol oder einen Gegenstand aus dem gemeinsamen Leben mit dem Verstorbenen mitzubringen, oder neben den Stühlen sind kleine Kerzen aufgestellt. Kränze und Sträuße sind um den Sarg herumgelegt.

Die Feier beginnt, wenn alle Gäste Platz genommen haben, mit einer stillen Phase. Eine sanfte Musik gibt den Anwesenden einen Zeitraum zur inneren Sammlung und Besinnung. Dazu kann ein Gedicht oder ein Vers vorgelesen werden, der als Einstimmung paßt.

Danach tritt derjenige, der die Feier leitet, vor und ruft allen noch einmal ins Gedächtnis, wen man mit dieser Feier ehren möchte. Er sollte auf jeden Fall den Namen noch einmal laut aussprechen. Dabei kann er oder sie den Verstorbenen auch direkt ansprechen, wenn er einen Überblick über sein Leben gibt.

Anschließend könnte der Redner oder die Rednerin die Anwesenden auffordern, nacheinander ihre mitgebrachten Symbole, Bilder und Zeichen am Sarg niederzulegen. Wer mag, ist aufgefordert, dazu zu sagen, warum er sich für ein bestimmtes Zeichen entschieden hat. Alternativ dazu kann man auch darum bitten, das bereitgestellte Licht anzuzünden und mit Worten oder Gedanken der Liebe und Erinnerung neben den Sarg zu stellen. Wer möchte, ist gebeten, seine Worte – es können ja auch Dichterworte sein – laut auszusprechen.

Wenn alle, die es wünschen, dem Toten diese Ehrung erwiesen haben, kann jemand stellvertretend für alle sagen, daß sie den Verstorbenen bitten, ihnen ihre Fehler und die Schmerzen, die sie ihm zugefügt haben, zu vergeben, und daß sie selbst dem Verstorbenen das vergeben, was er oder sie ihnen an Schmerz und Kummer bereitet hat. Will man dafür keine eigenen Worte nehmen, so kann an dieser Stelle das Vaterunser gesprochen werden, dessen universale Aussage und Gebetskraft nicht auf den christlichen Glauben beschränkt ist. Danach wird der Dank an den Verstorbenen ausgesprochen. Zum Abschluß und natürlich auch dazwischen kann Musik gespielt werden.

Beisetzung und Verbrennung

Bei einer Feier auf dem Friedhof mit anschließender Erdbestattung begleiten die Anwesenden den Sarg zu seinem Grab. Üblicherweise stellen die Bestattungsunternehmen dafür Träger. Diese betreten am Ende der Feier den Raum, erweisen dem Verstorbenen ihre Reverenz, heben den Sarg auf und tragen ihn hinaus oder setzen ihn auf einen Sargwagen, den sie hinausschieben. Freunde und Verwandte können dem Toten natürlich genauso gut diesen Dienst erweisen, wenn das Grab nicht allzu weit von der Feierhalle entfernt liegt. Allerdings sollte man das Gewicht eines Sarges nicht unterschätzen. Man braucht sechs Personen, um ihn aufzuheben. Am Grab selbst sollten professionelle Sargträger bereitstehen. Das Herablassen des Sarges in die Gruft ist nämlich nicht einfach. Für Ungeübte ist die Gefahr groß, daß sich der Sarg im Grab verkantet.

Ebenso wie bei einer christlichen Bestattung kann derjenige, der die Feier leitet, nach dem Herablassen des Sarges eine Handvoll Erde hinabwerfen und einen Segen sprechen. Dieser Tradition können dann die Angehörigen und Freunde folgen. Manche Trauergäste bevorzugen allerdings eine Blume oder einen kleinen Strauß, um ihn anstatt der Erde dem Toten mitzugeben.

Dieses Ritual – besonders wenn Erde auf den Sarg poltert – erschreckt viele Menschen. Doch wird damit gerade hier, am offenen Grab, die Endgültigkeit des Abschieds noch einmal besiegelt. Damit hilft diese Handlung, das Unbegreifliche im Wortsinne zu be-greifen, auch wenn sie vielen schwer zu ertragen scheint.

Zugeschaufelt wird das Grab meist erst, wenn die Trauergäste gegangen sind. Der Bestatter oder das Friedhofsamt übernehmen üblicherweise diese Aufgabe. Freunde und Verwandte können dem Toten diesen letzten Dienst aber auch erweisen. Man muß es vorher mit ihnen und mit der Verwaltung verabreden, und es müssen dann natürlich mehrere Schaufeln zur Verfügung stehen.

Bei einer Trauerfeier vor einer Feuerbestattung fehlt der Augenblick, in dem der Körper endgültig dem Element übergeben wird, das ihn auflösen wird. An der Verbrennung selbst kann man nur in Ausnahmefällen teilnehmen. Deshalb wird der Sarg am Schluß der Feier entweder aus der Kapelle herausgetragen und weggefahren, oder er steht – bei einer Feier im Krematorium – in einer Art Fahrstuhl. Dann wird er am Ende der Feier in das Kellergeschoß hinuntergelassen, wo zu einem späteren Zeitpunkt die Verbrennung stattfindet. Über der Öffnung schließt sich beim Herunterfahren meist ein Deckel.

Bei manchen Trauerfeiern ist es inzwischen üblich geworden, daß der Sarg mit dem Verstorbenen nicht von den Hinterbliebenen weggetragen oder versenkt wird, sondern daß die Trauergäste den Sarg sozusagen einfach stehen lassen und hinter den Hauptleidtragenden aus der Feierhalle oder vom Grab weggehen. Die innere Bedeutung der Einsenkung entschwindet bei einem solchen Abschluß der Trauerfeier dem Bewußtsein. Eigentlich geht es dabei ja darum, den Verstorbenen auf seinem letzten Weg sozusagen bis zum Ende zu begleiten. Meiner Meinung nach bringen sich die Angehörigen so um den eigentlichen Abschluß ihres Abschiedes. Wenn man es sehr ernst nimmt, heißt das auch, daß der Abschied nicht mit seiner ganzen schmerzhaften Konsequenz zu Ende geführt wird, so daß da immer noch ein Fünkchen Ungewißheit bleiben kann, wo der Verstorbene danach geblieben ist.

Vielleicht kann es deshalb bei einer anschließenden Feuerbestattung als Abschluß sinnvoll sein, vor dem Verschwinden des Sarges oder bevor man selbst den Verstorbenen verläßt, das vergangene Leben wenigstens symbolisch wieder mit der Natur oder dem Element des Feuers zu verbinden. Dafür kann zum Beispiel ein Andenken oder ein Teil von einem Alltagsgegenstand aus dem Leben des Verstorbenen in einer feuerfesten Schale mit passenden Worten verbrannt werden. So oder in ähnlicher Weise, zum Beispiel nur durch entsprechende Worte, kann der Trennung noch einmal eine Gestalt gegeben werden, die den Gefühlsbereich anspricht. Bevor der Sarg danach verschwindet oder man den Raum verläßt, sollte auch hier ein Segen gesprochen werden.

Einen endgültigen Abschluß findet eine Feuerbestattung immer erst dann, wenn die Asche des Verstorbenen einem Element, also der Erde oder dem Wasser, übergeben worden ist. Eine Urnenbestattung, die erst Tage oder sogar Wochen nach dem Abschied von dem Verstorbenen stattfinden kann, ist meist eine schlichte Handlung. Man kann sie mit oder ohne Beteiligung eines Geistlichen ebenfalls zu einer Abschiedsfeier ausgestalten, die der Erdbestattung ähnelt. Auf dem Friedhof wird die Urne in ein relativ flaches Erdloch eingesetzt und mit Erde bedeckt oder in eine Urnennische eingestellt. Die Seebestattung wurde schon oben beschrieben.

Kondolenz und Erinnerungsgaben

Nach dem Abschied von dem Toten – am Grab oder vor der Feierhalle – kondolieren die Teilnehmer den engsten Angehörigen, die meistens in der Nähe des Grabes oder vor der Tür stehenbleiben. Wer als Hinterbliebener diese Beileidsbezeugungen nicht »über sich ergehen lassen möchte«, wird den Friedhof sofort verlassen. Doch sollte man vorher vielleicht darüber nachdenken, ob es nicht doch gut tun könnte, das Mitgefühl der Verwandten, Freunde und Bekannten zu spüren und sich in einem solchen Augenblick nicht abrupt von allen Menschen abzuwenden.

Für die Kondolierenden genügt es, wenn ein stiller Händedruck das Beileid ausdrückt. Unter nahen Freunden und Verwandten kann eine Umarmung wohltun. Natürlich kann man auch mit wenigen, schlichten Worten sagen, daß man mit den Zurückgebliebenen mitfühlt. Gerade dabei spielt das Gefühl eine bestimmende Rolle. Leidtragende sind in diesem besonderen Moment in ihrem Schmerz oft sehr empfindlich und offen. Sie spüren leicht, ob jemand nur konventionell sein Beileid ausspricht. Wenn der andere vielleicht nur deswegen besonders intensiv mitleidet, weil das fremde Leid die eigene Trauer aufgewühlt hat, kann das einen Leidtragenden sogar noch zusätzlich belasten. Echtes und warmherziges Mitgefühl, das in den Worten mitschwingt, berührt und hilft dagegen in diesem Moment, die Trauer zu tragen.

Wer sich dem Verstorbenen näher verbunden fühlt, bestellt in einem Blumengeschäft oder einer Kranzbinderei einen Kranz. Dazu kann man auch eine Trauerschleife aussuchen, die man üblicherweise mit seinem Namen und einem Wort der Erinnerung beschriften läßt. Die Geschäfte haben dafür Muster und Vorlagen.

Wenn in der Todesanzeige ausdrücklich um Spenden für eine bestimmte Vereinigung gebeten wird, kann man das Geld, das man sonst für einen Kranz oder Blumen verwendet hätte, dorthin überweisen. Natürlich ist es jedem selbst überlassen, trotzdem noch einen kleineren Kranz oder Strauß beim Sarg niederzulegen oder Blumen in die Gruft zu werfen. Ist man in eine dörfliche Gemeinschaft zugezogen, in der das Gemeinschaftsleben noch intakt ist, so sollte man sich vorher bei Nachbarn erkundigen, was dort üblich ist.

Bei einer Erdbestattung nimmt man die Kränze und Blumen üblicherweise auf einem Wagen zum Grab oder Grabfeld mit, wenn sie nicht vom Bestattungsinstitut dorthin gebracht werden. Bei einer Feuerbestattung bleiben die Kränze entweder in der Trauerhalle liegen, oder man läßt sie auf das zukünftige Urnengrab bringen.

Wer nicht an einer Trauerfeier teilnimmt, sollte auf jeden Fall den Leidtragenden mündlich oder schriftlich sein Beileid aussprechen. Das muß keine hohle Phrase sein. Einfache Worte, wie zum Beispiel: »Ich habe gehört, daß ... gestorben ist, und ich fühle mit Dir« – am Telefon oder im direkten Kontakt – zeigen dem Angesprochenen, daß er oder sie in ihrer Trauer wahrgenommen wird. Er kann dann selbst entscheiden, ob er ein Gespräch über dieses Thema führen will und aushalten kann.

Die ernst gemeinte Frage, ob man etwas für den anderen tun kann, und die ernst gemeinte Versicherung, daß er oder sie gern bei einem anrufen können, wenn sie Beistand brauchen, sind die besten Hilfen, die man einem Trauernden anbieten kann.

Will man das nicht, so kann man eine Beileidskarte schicken. Es gibt sie vorgedruckt mit Texten wie »Herzliche Anteilnahme«. Es ist auf jeden Fall persönlicher, wenn man sie nicht nur unterschreibt, sondern ein paar Worte hinzufügt, mit denen man die eigene Beziehung zu dem Verstorbenen beschreibt. Man kann aber eine solche Karte auch selbst herstellen. Manche Menschen fotografieren zum Beispiel bei Friedhofsbesuchen Grabmale, die ihnen besonders gut gefallen, kleben ein solches Foto auf eine schlichte Karte und schreiben einige Worte dazu. Ein solcher persönlicher Gruß zeigt dem Trauernden, daß ein anderer liebevoll an ihn denkt.

Vor der Trauerfeier trägt man sich in eine Kondolenzliste ein. Meist ist am Eingang zum Feierraum ein Tischchen mit einem Blatt Papier und Schreiber aufgestellt.

In katholischen Gegenden ist es üblich, daß Teilnehmer an einer Trauerfeier ein Sterbebildchen als Andenken an den Verstorbenen zur persönlichen Andacht und Erinnerung erhalten. Neben dem Text der Traueranzeige enthält es meist ein Porträtfoto und einen Aufruf zum Gebet für den Verstorbenen, der mit einer Glaubensaussage verbunden ist. Bestattungsunternehmen und Druckereien, aber auch katholische Geistliche haben dafür Vorlagen vorrätig. Natürlich kann man, auch wenn man nicht katholisch ist, ein Erinnerungsblatt mit dem Bild des Verstorbenen für die Teilnehmer herstellen. Anstelle einer Glaubensaussage kann man auch ein Gedicht verwenden.

Traueressen

Eine Trauerfeier kostet meist alle Beteiligten nicht nur seelische, sondern auch körperliche Kraft. Deshalb sollte danach eine Stärkung bereitstehen. Meist laden die Angehörigen die Trauergäste in ein nahegelegenes Lokal ein. Dort hat man vorher abgesprochen, was serviert werden soll. Üblich ist zum Beispiel ein Imbiß aus belegten Brötchen, ein Mittagessen oder am Nachmittag ein Kaffeegedeck.

Man kann Verwandte und Freunde natürlich auch zu sich nach Hause bitten und dort einen Imbiß bereitstellen. Wen man dazu einlädt, ob alle Teilnehmer oder nur einige nahe Verwandte und Freunde, muß man selbst entscheiden. Allerdings sollte man sich auch hier in dörflichen Gemeinschaften nach den dort üblichen Gepflogenheiten richten, sofern sie den Geldbeutel nicht überstrapazieren.

Durch ein solches gemeinsames Essen im Anschluß an die Trauerfeier wird auch die Alltagswirklichkeit ein wenig wiederhergestellt, die mit Tod und Abschied ein Stück weit weggebrochen sein kann. Nahrungsaufnahme und gemeinsame Gespräche, in denen sich bald konkrete Erinnerungen an den Verstorbenen mit Alltagsgeschichten zu vermischen beginnen, stärken und helfen sozusagen, wieder festen Boden unter die Füße zu bekommen. Gerade wenn die Feier die

Gefühle stark aufgewühlt hat und Tränen erlaubt waren, kann hinterher eine fast fröhliche Stimmung die Teilnehmer vereinen.

Danksagungen

Einige Zeit nach der Trauerfeier wird man den Teilnehmern danken wollen. Auch das kann man wieder mit einer gedruckten oder handgeschriebenen Karte oder einer Anzeige tun. Name und Lebensdaten des Verstorbenen und natürlich die Namen der Danksagenden müssen dabei genannt sein.

Folgende Texte erscheinen in unterschiedlichen Variationen häufig als Danksagungen:

> *»Danke für das tröstende Wort, gesprochen oder geschrieben, für eine stumme Umarmung, für einen Händedruck, wenn die Worte fehlten, für alle Zeichen der Liebe, Verbundenheit und Freundschaft, für Blumen, Kränze und Gestecke, für die vielen Geldspenden.«*
> oder auch
> *»Für die vielen wohltuenden Beweise liebevoller Anteilnahme auf seinem letzten Weg durch Wort, Schrift und Spenden an ... danken wir auf diesem Weg allen Verwandten, Freunden und Bekannten ganz herzlich.«*

Man kann es auch ganz schlicht ausdrücken:

> *»Für die herzliche Anteilnahme beim Abschied unserer geliebten ...(Name)... wollen wir hiermit danke sagen. Im Namen aller Angehörigen ... (Name, Ort und Datum).«*

Manche Menschen verschicken auch ein Foto vom geschmückten Sarg mit einer solchen Danksagung oder schreiben ganz persönliche Briefe an einzelne Teilnehmer.

An folgende Dinge muß man denken, wenn man selbst eine Trauerfeier ausrichten will:

- **Adressenliste der Menschen, die man zur Trauerfeier einladen und/oder vom Tod benachrichtigen will**

- Raum für die Trauerfeier: Ort und Zeit
- gleichzeitige Terminabsprache mit demjenigen, der die Feier leiten soll
- Trauerbrief oder -anzeige
- ggf. Trauerkleidung
- Ausschmückung des Raumes
- Aufstellung des Sarges und der Stühle
- Musik
- Rede/n, Texte, Gedichte
- Ablauf der Feier
- Tragen oder Fahren des Sarges und der Kränze und Blumen zum Grab, Träger für die Einsenkung
- Beisammensein und Essen nach der Trauerfeier.

Mit dem Tod muß ich umgehen,
Dem schwarzen Hengst ...
Nachts drehte er sich kreischend auf dem Dache,
Ließ durch die Sparren mich dein Zimmer sehen,
Deinen Tisch nicht darinnen
Deine Bettstatt verschwunden
Um Deine Bücher Spinnenkränze
Auf dem Teppich Schnee.

MARIE LUISE KASCHNITZ, *Requiem*

Trauer und Erinnerung

Trauer, was ist das?

Abschiedsschmerz und Trauer sind überwältigende Gefühle, die jeder schon einmal erlebt hat und zu kennen glaubt. Trotzdem scheint in unserer Zeit vielen Menschen das Wissen abhanden gekommen zu sein, was Trauern bedeutet und wodurch die Trauer gelindert wird. Es tut weh, Abschied zu nehmen. Doch bei uns bleibt jeder mit seinem Schmerz allein. Es gibt kaum gemeinschaftliche Formen und Rituale, die allen erlauben, die Gefühle zu leben, die mit dem Abschiednehmen verbunden sind.

So trauert jeder für sich, und mancher fühlt sich seiner schwierigen Situation so ausgeliefert, daß er ärztliche Hilfe sucht. Letztere wird in der heutigen Medizin leider nur selten durch forschende Gespräche nach den Ursachen des leidvollen Zustandes gewährt. Meist wird mit dem schnellen Griff zu Medikamenten Heilung versprochen und auch gewünscht. Inzwischen gibt es allerdings eine Reihe von Ansätzen zu einer neuen Trauerkultur und auch schon eine Reihe von Büchern, die sich mit diesem Thema beschäftigen.

Trauern heißt nicht nur, daß man heftigen Abschiedsschmerz empfindet: Mit dem Tod eines nahen Angehörigen kann ein breites Gefühlsspektrum verbunden sein. Man kann sich einer Vielzahl von »gemischten« Gefühlen geradezu ausgeliefert fühlen. So wie jedes Leben und jeder Mensch seine ganz persönlichen Eigenheiten, Ansichten, Vorstellungen, Wahrnehmungsweisen und Gefühle hat, so ist auch die Trauer jeweils ganz persönlich. Niemand kann die Trauer eines anderen so empfinden, wie dieser sie fühlt. Jeder kann nur seine eigene Trauer auf seine eigene Art und Weise fühlen.

Ein schwerer Verlust geht fast immer mit einer stark erhöhten Sensibilität einher. Manchmal wird das eigene Leben zutiefst fragwürdig. Eine quälende Sehnsucht, dem Verstorbenen nachzufolgen, kann auftreten. Der Schmerz des Verlustes überflutet Trauernde zeitweise heftig, so daß sie das Gefühl haben, sie würden nie mehr mit dem Weinen aufhören können. Zu anderen Zeiten ist der Schmerz kaum spürbar. Das Leid überfällt Trauernde außerdem sehr plötzlich und in allen möglichen Situationen. Eine Kleinigkeit – ein Geruch, ein Geschmack, ein bestimmtes Kleidungsstück, ein bestimmter Gang oder das Aussehen einer völlig fremden Person – kann von einem Moment zum anderen die Erinnerung an den Verstorbenen wieder aufleben lassen. Dieses Wechselbad der Gefühle kann außerordentlich irritierend sein, so daß sich manche fragen, ob sie überhaupt noch »normal« sind.

Manche zunächst befremdlich wirkende Gefühle sind zudem geeignet, Trauernde weiter zu verunsichern. Neben dem Gefühl der Befreiung und Erleichterung können tiefe Schuldgefühle gegenüber dem Verstorbenen auftreten. Bestimmte Situationen werden im Geiste immer wieder erlebt. Bestimmte Sätze wiederholen sich ständig. Der Trauernde gibt sich zum Beispiel die Schuld am frühzeitigen Tod oder glaubt, daß er den Tod hätte verhindern können, wenn er oder sie nur anders gehandelt hätte. Wenn ein Streit nicht beigelegt wurde, so können die Schuldgefühle auch daraus resultieren. Alle Angelegenheiten, die im Verhältnis zum Verstorbenen offen geblieben sind, drängen sich jetzt noch einmal stark in den Vordergrund und wollen gelöst sein.

Unter solchen Schuldgefühlen kann aber auch Wut oder sogar lang genährter Haß liegen, je nachdem, welches Leid man einander in dem gemeinsamen Leben angetan hat und ob es möglich war, einander dieses Leid vor dem Tode noch zu vergeben. Leid, das früher verdrängt und vergessen, aber nicht wirklich vergeben wurde, taucht jetzt – in dem Moment, wo das gemeinsame Leben abgebrochen ist – fast unweigerlich wieder auf und bahnt sich seinen Weg.

Die Wut kann auch mit dem Gefühl verbunden sein, einfach verlassen oder zurückgelassen worden zu sein. Ich erinnere mich an eine Freundin, die in der Nacht nach dem Tod ihrer Mutter bei mir anrief und erzählte, sie sei so wütend, daß ihre Mutter einfach gestorben sei. Sie wisse überhaupt nicht, wohin mit ihrer Wut. Die Mutter hatte seit Jahren an der Alzheimerschen Krankheit gelitten, und meine Freundin hatte vom Verstand her schon lange ein Ende der damit verbundenen Leiden herbeigesehnt. Trotzdem fühlte sie sich in diesem Augenblick zutiefst verlassen. Auch Wutgefühle sind normale Anzeichen einer Trauer. Man braucht sie nicht vor sich selbst zu verstecken oder sich dafür zu schämen.

Symbolisch kann man das Trauern so beschreiben, daß die unterschiedlichen emotionalen Bindungen – man kann sie sich auch als Bänder, Fäden, als Nabelschnur oder sogar als Ketten vorstellen –, die im Leben zwischen vertrauten Menschen hin und her gewoben wurden, jetzt plötzlich abgeschnitten sind. Bildlich gesprochen, muß man die losen und ausgefransten Enden sozusagen wieder einholen und verknoten oder abbinden. Das ist schwere psychische Arbeit, die je nach Intensität der Beziehung unterschiedlich lange dauern kann.

Diese Arbeit wird nur dadurch geleistet, daß man sich Raum und Zeit dafür nimmt, den eigenen Gefühlen nachzugehen, zu weinen, zu klagen und zu wüten. Dieser Raum muß allerdings so geschützt sein, daß man sich selbst und anderen mit seinen eigenen Gefühlen nicht schadet. Selbst erwachsene Kinder können zum Beispiel noch von der offen ausgesprochenen Wut des Vaters oder der Mutter auf den verstorbenen Elternteil in ihrer eigenen Trauer tief getroffen werden, so daß sich aus alten ungelösten Lebensproblemen neue Schwierigkeiten im Zusammenleben der engsten Angehörigen ergeben können.

Auch die Zeit, die man sich für die Bearbeitung der Trauer nimmt, sollte – nach den anfänglichen Monaten einer tiefen Trauer – in irgendeiner Weise begrenzt sein. Das eigene Leben ist mit dem Tod des anderen nicht zu Ende gegangen. Die eigene Lebensaufgabe ist weiterhin zu suchen und zu leisten, auch wenn mit dem Tod des Angehörigen ein vielleicht sehr großer Teil des eigenen Lebens auf einmal zur Vergangenheit gehört und nie wiederkommen wird. Dennoch: Trennung, Tod, Verlust bedeuten immer auch Neuanfang und Beginn.

So liegt in einer wahrgenommenen, gelebten und ausgedrückten Trauer immer auch ein Heilungsprozeß. Nur wenn man die Trauer nicht zuläßt und sich von den gemischten Gefühlen abwendet, kann sich die Phase, die zwischen Ende und Neuanfang liegt, ins Unendliche ausdehnen. Dann wirken die Gefühle im Untergrund weiter und saugen sozusagen die ganze Gefühlskraft in sich auf. Sie lassen keinen Raum mehr für anderes. Psychosomatische Beschwerden wie zum Beispiel langanhaltende Schlafstörungen können die Folge sein. Der verdeckt Trauernde kann aber auch in eine Depression abgleiten, in der ihm die Kraft fehlt, lebendig zu wirken und zu handeln.

Einen Teil der Traueraufgabe leistet man mit dem bewußten Abschied vom Verstorbenen, mit Trauerfeier und Bestattung. Doch damit, daß der Tote begraben ist, ist die Trauer nicht vorbei. Die Erinnerung an den Verlust kann ein Leben lang weiterwirken. Der Schmerz wird eine Weile lang heftig wüten. Je nachdem, wie intensiv die Verbindung zu dem Verstorbenen gewesen ist, wird er nach einigen Monaten oder erst nach mehreren Jahren langsam abebben und einem ruhigeren Gefühl der traurigen Erinnerung weichen, das manche Menschen bis zum Lebensende begleitet.

- **Trauern ist eine seelische Aufgabe. Dabei fühlt man nicht nur den Trennungsschmerz, sondern die Gefühle sind wechselhaft und können neben der Traurigkeit auch Ärger und Wut, Angst, Verzweiflung oder Freude und Erleichterung enthalten.**
- **Jeder Mensch trauert auf seine eigene Weise. Niemand kann die Trauer eines anderen so empfinden, wie dieser selbst sie fühlt.**
- **Gefühle müssen ausgedrückt werden. Trauer wahrzunehmen und auszudrücken heißt, die Seele zu heilen.**
- **Trennung, Tod, Verlust bedeuten immer auch Neuanfang und Beginn.**

Ort der Erinnerung: Grab, Grabpflege und Grabschmuck

Grabbesuch

Viele Menschen besuchen in der ersten Zeit nach dem Tod ihren Verstorbenen häufig auf dem Friedhof und halten Zwiesprache am Grab. Das Bedürfnis, diesen Platz, an dem der tote Körper ruht, immer wieder aufzusuchen und liebevoll auszuschmücken, kann so groß sein, daß man sogar mehrere Male am Tag zum Grab geht.

Anderen Trauernden dagegen sagen Friedhof und Grab überhaupt nichts. Sie fühlen sich dort nicht mit ihrem Verstorbenen verbunden und gehen ungern und selten dorthin. Die Häufigkeit der Grabbesuche sagt nichts über die Tiefe der Trauer aus. Es ist weder besonders morbide, oft auf den Friedhof zu gehen, noch gefühl- oder pietätlos, das Grab nur selten aufzusuchen. Jeder muß für sich entscheiden, was in der Zeit der Trauer für ihn oder sie richtig ist.

Was muß man tun, wenn man für ein Grab Verantwortung hat?

Etwa zwei bis drei Wochen nach der Trauerfeier werden die verwelkten Beerdigungsblumen vom Grab geräumt. Auf manchen Friedhöfen veranlassen die Verwaltungen die Abräumung zugleich mit der sogenannten Neuanlage oder Ersterrichtung des Grabes, sofern man sie schon beim Graberwerb mitbezahlt hat. Dabei wird zum Beispiel der Grabhügel eingeebnet und Rasen auf der Grabfläche angesät.

Wenn diese Ersterrichtung nicht im Preis von Grab und Bestattung inbegriffen war, muß man sich selbst von Anfang an um alles kümmern. Grundsätzlich sind nämlich die Nutzungsberechtigten eines Grabes verpflichtet, es vom Zeitpunkt des Erwerbs an gärtnerisch in Ordnung zu halten. Man kann diese Arbeit entweder selbst übernehmen oder Dritte, also Friedhofsgärtner, damit beauftragen. Der Friedhofsträger kann aber nicht vorschreiben, wer die Pflege zu übernehmen hat. Mit einer endgültigen Bepflanzung des Grabplatzes sollte man allerdings bis zur Aufstellung des Grabmals warten. Der Boden senkt sich in der ersten Zeit nach der Beerdigung noch. Außerdem muß für die meisten Grabmale ein Fundament gebaut werden, so daß die Erde noch einmal bewegt wird.

Nicht nur der Boden senkt sich, auch das eigene Fühlen verändert sich. Auch deshalb sollte man sich für die Auswahl der Grabbepflanzung und den Entwurf eines Grabmales Zeit nehmen. Manche Steinmetze empfehlen sogar, ein Grabmal erst ein Jahr nach der Beerdigung aufzustellen.

Übrigens kann man – wie so vieles, das mit dem Tod zusammenhängt – auch diese Arbeit seinen Angehörigen erleichtern, wenn man sich schon vor dem Tod Gedanken darüber gemacht und seine Wünsche festgelegt hat.

- **Einige Wochen nach der Beerdigung wird die Grabfläche neu angelegt. Wenn diese sogenannte ErsthERRICHTUNG in der Grabgebühr enthalten ist, wird sie vom Friedhofsträger veranlaßt und ausgeführt, andernfalls muß man sich selbst darum kümmern.**
- **Für die Auswahl und die Aufstellung eines Grabmals sollte man sich Zeit lassen und erst danach eine Dauerbepflanzung herrichten.**
- **Der Nutzungsberechtigte ist verpflichtet, die Grabstätte gärtnerisch in Ordnung zu halten.**

Gestaltungsrichtlinien

Möchte man das Grab nach eigenen Vorstellungen liebevoll ausschmücken, so kann das manchmal Probleme mit sich bringen. Weiter oben wurde schon darauf hingewiesen, daß man schon bei der Auswahl des Grabplatzes darauf achten sollte, welche Bestimmungen dort gelten.

Hier sei noch einmal wiederholt: Hat man

- eine anonyme Grabstelle gewählt,
  so kann man auf dem Grab keine Blumen pflanzen und kein Erinnerungsmal aufstellen lassen. Das einzige Zeichen der Erinnerung sind Schnittblumen, Gestecke und Kränze, die am Rand des Grabfeldes oder an einer bestimmten Stelle abgelegt werden können;
- ein Grabfeld mit besonderen Bestimmungen gewählt,
  so muß man sich bei Gestaltung von Grab und Grabmal an sie halten;
- nur auf einem Grabfeld ohne Richtlinien darf man die Grabstätte nach eigenem Gutdünken ausschmücken.

Überall aber muß die Würde des Friedhofes gewahrt bleiben. Friedhöfe sind gemeinschaftliche Bestattungsorte und dienen damit der gemeinsamen Ehrung der Toten und der Pflege ihres Andenkens. Die Gestaltung und Bepflanzung jeder Grabstätte ist für die Wirkung des ganzen Friedhofes mitbestimmend. Deshalb läßt sich – in gewissen Grenzen – nachvollziehen, daß man bei der Grabgestaltung auf das Umfeld Rücksicht nehmen sollte, und daß private Wünsche vor dem »religiösen und ästhetischen Empfinden der Gesamtheit« zurücktreten müssen. Bepflanzungs- und Grabmalrichtlinien sind aufgestellt worden, damit die Gesamtanlage nicht durch das beeinträchtigt wird, was »... nach Form, Material oder Bearbeitung aufdringlich wirkt, was unruhig, effektheischend oder sonstwie geeignet ist, Ärgernis zu erregen und den Grabbesucher im Totengedenken zu stören.« So heißt es jedenfalls in einem Kommentar zu den entsprechenden Gesetzestexten. Allerdings kann man sich über den Begriff des »religiösen und ästhetischen Empfindens der Gesamtheit« hervorragend streiten (Gaedke, S. 170ff).

Die Ausschmückung eines Grabes hängt von der Grabart und der Lage auf dem Friedhof ab:

- **anonymes Grab = keine Blumen, kein Grabmal;**
- **Grabfeld mit besonderen Bestimmungen = vorgeschriebene Größen und Materialien für Grabmal und Einfassung; Grabbepflanzung nach eigenen Vorstellungen;**

- **Grabfeld ohne besondere Bestimmungen = Ausschmückung mit einem Grabmal nach eigenen Vorstellungen im Rahmen der allgemeinen Bestimmungen;**
- **die Würde des Friedhofes muß gewahrt bleiben.**

Grabbepflanzung

Wie gesagt, gelten – außer auf Grabfeldern ohne Vorschriften – auch für die Grabbepflanzung bestimmte Regeln. So kann die Form des Grabes je nach den landschaftlichen Gepflogenheiten unterschiedlich sein. Auf manchen Friedhöfen werden die Grabhügel zum Beispiel stets eingeebnet; auf anderen wird jede Grabstätte mit einem Steinrand eingefaßt; die Gräber können aber auch durch niedrige Grabhügel auf Dauer gekennzeichnet bleiben, oder sie werden durch eine Steinplatte oder Kiesschüttung abgedeckt.

Will man sich hier von der Gesamtanlage abheben, so muß man dafür vorher die Genehmigung der Friedhofsverwaltung einholen oder von vornherein dort beerdigen, wo keine Bestimmungen gelten. Nur dort darf der Friedhofsträger weder eine einheitliche Bepflanzung fordern noch den Anteil der Grabfläche bestimmen, der bepflanzt werden darf.

Viele Friedhöfe haben inzwischen übrigens aus ökologischen Gründen ein Verbot von Plastikmaterialien auf den Gräbern ausgesprochen. Gestecke müssen dann auf natürlicher Grundlage gebunden sein, und die Aufstellung von Plastikblumen ist nicht erlaubt. Der Grund dafür liegt in der Kreislaufwirtschaft, die im gärtnerischen Bereich betrieben wird: Die Abfälle und Pflanzenreste werden kompostiert und wiederverwendet.

Nirgendwo darf die Grabbepflanzung andere Grabstätten und die öffentlichen Anlagen und Wege beeinträchtigen. Deshalb können Friedhofsträger ein allgemeines Verbot erlassen, Bäume, großwüchsige Sträucher und/oder Hecken anzupflanzen. (Auch da sind dann wieder Ausnahmen möglich, wenn man persönlich nachfragt.) Für die Grabbepflanzung selbst ist aber – im Gegensatz zur Grabmalaufstellung – grundsätzlich keine vorherige Genehmigung nötig: Man kann dort alles anpflanzen, was man möchte, wenn es die Nachbargräber nicht stört.

Üblicherweise werden bodendeckende Pflanzen (Efeu, Sedum, Immergrün) und niedrige Blumen gewählt. Dabei hat sich ein jahreszeitlicher Bepflanzungsrhythmus herausgebildet, bei dem die abgeblühten Blumen immer wieder herausgenommen und frische eingepflanzt werden. So erhalten viele Grabstätten im Frühling ein Beet aus farbigen Stiefmütterchen oder Fleißigen Lieschen, die bis in den Herbst blühen. Ihnen folgen im Sommer Begonien und im Frühherbst Erika. Im Spätherbst wird das Grab dann mit Tannenzweigen abgedeckt, die meist Anfang März wieder heruntergenommen werden. Meist ist es günstig, heimische Pflanzenarten zu verwenden, weil sie dem klimatischen Bedingungen am besten angepaßt sind. Viele von ihnen gedeihen auch mit wenig Pflege gut.

An Büschen und Bäumchen sind immergrüne Eiben, Lebensbaum, Zuckerhut oder andere Nadelgehölze üblich. Man muß sie regelmäßig schneiden, damit sie die Nachbarschaft mit ihrem hohen Wuchs nicht beeinträchtigen; also zum Beispiel stark beschatten.

Manche Pflanzen haben eine symbolische Bedeutung. Da die immergrünen Gewächse über den Winter, in dem alle anderen Pflanzen abzusterben scheinen, grüne Blätter tragen, stehen sie auch für den Gedanken der Ewigkeit oder des ewigen Lebens nach dem Tode. Auch die winterliche Abdeckung des Grabes kann man als symbolische Handlung ansehen, mit der nicht nur die Dauerbepflanzung, sondern sozusagen auch der Verstorbene in seinem Grab vor den Unbilden des kalten Wetters geschützt wird.

Man kann einen Grabplatz auch mit ganz anderen Pflanzen ausschmücken, indem man zum Beispiel einen Rosenstrauch oder immer wiederkehrende Stauden und Blumenzwiebeln pflanzt.

Auf dem schon erwähnten gemeinsamen Grab für Aids-Tote sah ich, daß Angehörige anscheinend die Kräutersammlung eines Verstorbenen auf sein Grab gepflanzt hatten. So duftete dort die Minze neben Rosmarin und Lavendel und erinnerte an den Toten. Genausogut kann man die eigenen oder die Lieblingsblumen des Verstorbenen aussuchen oder von Balkon, Fensterbrett oder Garten zum Grab hinübertragen.

Auf einem Dorffriedhof bei Köln haben die Bewohner mit Hilfe ihres Denkmalschützers die Pflanzenwelt wiederhergestellt, die früher auf Friedhöfen der Umgebung zu finden war. Auch dort fehlen duftende Kräuter und bunt blühende Stauden nicht. Sie geben diesem stillen Ort um die jahrhundertealte Kirche herum ein ganz eigenes Gepräge.

Man muß sich also nicht unbedingt der allgemein üblichen gärtnerischen Routine anpassen. Allerdings muß man bereit und auch imstande sein, die Grabstätte regelmäßig zu pflegen. Verwahrlost ein Grab – und auch diese kleinen Gärten überwuchern schnell mit allen möglichen Pflanzen –, kann der Nutzungsberechtigte zur angemessenen Instandsetzung aufgerufen werden. Die Verwaltung stellt meist ein entsprechendes Schild auf das Grab. Wird das Grab danach innerhalb einer bestimmten Frist nicht hergerichtet, kann es vom Träger auf Kosten des Grabbesitzers eingeebnet und eingesät werden.

- **Die Grabbepflanzung darf andere Grabstätten und die öffentlichen Anlagen und Wege nicht beeinträchtigen. Ansonsten kann man frei wählen, was man auf seine Grabstätte pflanzt.**
- **Die Gestaltung der Grabfläche kann über besondere Bestimmungen geregelt sein.**
- **Aus ökologischen Gründen können Plastikmaterialien auf Gräbern verboten sein.**
- **Verwahrloste Gräber können nach einem gewissen Zeitraum von den Friedhofsverwaltungen auf Kosten der Nutzungsberechtigen hergerichtet werden.**

Grabmal

Meist gibt es auf einem Friedhof nur wenige Grabfelder, auf denen man dazu verpflichtet ist, ein Grabmal aufzustellen. Fast jeden Grabplatz kann man also auch nur mit Pflanzen ausschmücken.

Wenn man aber ein Grabmal wünscht, so muß man auf jeden Fall vorher eine Genehmigung beim Friedhofsträger einholen. Auch jede Veränderung an einem bestehenden Grabmal muß man sich genehmigen lassen. Meist ist es sinnvoll, einen solchen Grabmalantrag einer Steinmetz- oder Grabmalfirma zu überlassen. Nur kleine Liegeplatten oder Holzkreuze kann man selbst auf das Grab legen oder in die Erde stecken. Alle größeren und aufrecht stehenden Grabmale müssen standsicher befestigt werden und entsprechend ihrer Größe dauerhaft gegründet sein. Das ist die Aufgabe eines Handwerksbetriebes.

Die Standfestigkeit muß gesichert sein, weil vor längerer Zeit ein Kind von einem losen Grabstein erschlagen worden ist. Seitdem sind die Friedhofsträger gesetzlich verpflichtet, die Verkehrssicherheit zu gewährleisten. So wird regelmäßig geprüft, ob sich Grabmale gelockert haben. Zumeist wird der Besitzer dann durch ein Warnschild benachrichtigt. Läßt er es nicht befestigen, wird die Verwaltung das Grabmal auf den Boden legen oder abräumen lassen, damit es nicht umfallen und Schaden anrichten kann.

Steinmetzfirmen und Grabmalhändler haben ihren Sitz neben den Friedhöfen. Sie haben dort vorgefertigte Grabmale auf Lager, in die nur noch Schriftzeichen eingeschlagen werden müssen. Den Genehmigungsantrag muß der Auftraggeber natürlich unterschreiben. Meist besteht ein solcher Antrag aus einem Grabmalentwurf, Angaben über Material, Bearbeitung, Inhalt, Form und Anordnung der Schrift und sonstiger Zeichen. Auch andere bauliche Anlagen wie Einfassungen, Wasserbecken und Grableuchten müssen genehmigt werden. Die Genehmigung kostet eine Gebühr.

Die Grabmalbestimmungen selbst sind von Friedhof zu Friedhof außerordentlich unterschiedlich. Sie sind zum größten Teil aus den ästhetischen und sozialen Vorstellungen der Reformperiode vor und nach dem Ersten Weltkrieg entstanden. Manche Friedhofsträger halten an ihnen immer noch verbissen fest. Manchmal können allerdings auch der Denkmalschutz oder die Pflege eines bestimmten landschaftlichen Stiles dazu geführt haben, daß bestimmte Grabmalbestimmungen entwickelt worden sind, durch die sich die neuen Denkmale an den vorhandenen – möglicherweise historisch wertvollen – Bestand anpassen sollen.

Als Beispiel für Grabmalrichtlinien sei das teilweise oder generelle Verbot der Politur genannt; das heißt, daß Oberflächen von Steinen nicht so auf Hochglanz geschliffen werden dürfen, daß man sich in ihnen spiegeln kann. Dazu kommt oft das Verbot von Goldschrift. Verbote von Feinschliff und von Mattschliff und damit sogar das Verbot jedweder glatten Bearbeitung der Oberflächen können ebenso wie das Verbot dunkler Steine, aller Hartgesteine, aller örtlich nicht vorkommenden Natursteine, von Findlingen und womöglich aller Steine überhaupt ausgesprochen sein. In letzterem Fall sind dann vielleicht nur schmiedeeiserne Grabmale erlaubt, weil das dem traditionellen Charakter des Friedhofes entspricht. Solche Ge- und Verbote können also das Material, die Oberflächenbearbeitung, die Schrift und die Symbolgestaltung betreffen. Wieweit man sich an sie anpassen möchte, sollte man sich – wie schon gesagt – unbedingt *vor* dem Grabkauf überlegen.

Übrigens gab und gibt es natürlich auch bei Grabsteinen Modeerscheinungen. Zur Zeit werden besonders gern buntfarbige Steine aus Indien und Brasilien importiert. Bis zum Beginn des 19. Jahrhunderts, bevor man Steine mit Eisenbahn und Dampfschiff in großen Mengen über lange Strecken transportieren konnte, griff man jeweils auf die Steinbrüche der näheren Umgebung zurück. Besonders in der zweiten Hälfte des 19. Jahrhunderts waren dann Marmor und Granit als besonders dauerhafte und kostbare Steinsorten beliebt. Viele Grabmale aus dieser Zeit sind aus dem auf Hochglanz polierten schwarzen Granit aus Schweden oder aus leuchtend weißem Carrara-Marmor gefertigt. Besonders gegen dieses Material und den sogenannten Friedhofspomp machte sich die Reformbewegung stark. Mit ihr kamen die heimischen Materialien wieder mehr zum Zuge, wobei die Reformer den hellen Muschelkalk bevorzugten. Wie früher auch, ist man heute auf die Steine angewiesen, die von den Natursteinfirmen angeboten werden. Es gibt aber inzwischen eine fast unendlich große Auswahl an Steinsorten und -farben.

Die Bepflanzungs- und Grabmalvorschriften sind meist Teil oder Anhang der jeweiligen Friedhofsordnung. Die geltenden Bestimmungen sind beim Friedhofsträger oder bei der Stadtverwaltung zu erhalten. Grabmalhändler und Steinmetze kennen sich ebenfalls in den entsprechenden Verordnungen aus und machen ihren Kunden Vorschläge im Rahmen der gegebenen Möglichkeiten.

Grabmalkosten

Die Kosten für ein Grabmal setzen sich aus dem Preis des Materials und der Behandlung der Oberfläche sowie aus den Kosten für die Beschriftung und Aufstellung zusammen. Bei der Schrift zählt jeder einzelne Buchstabe. Je mehr Arbeit die Gestaltung der Buchstaben macht, desto teurer wird die Beschriftung.

Ein Naturstein hat bis zum Grabmal einen langen Weg hinter sich. Er wurde in einem Steinbruch als Block aus dem Fels gehauen oder gesägt; eventuell wurde er dort schon auf seine Größe gebracht; seine Oberflächen wurden bearbeitet; er wurde verladen und zum Verkaufsort transportiert; dort wurden seine Oberflächen weiter bearbeitet oder in andere Formen gebracht, und er wurde bis zum Verkauf gelagert oder ausgestellt.

Es ist üblich, sich einen Stein aus einem solchen Verkaufslager auszusuchen und die gewünschte Inschrift anbringen zu lassen. Die Buchstaben können vertieft eingeschlagen, erhaben herausgearbeitet oder aus einem anderen Material hergestellt und aufgesetzt werden. Zusätzlich kann man ein Grabmal noch durch aufgesetzte oder eingemeißelte Figuren, Reliefszenen oder Symbole ausschmücken. Grabmalfirmen haben auch Kataloge für Schmuckformen aus Metall, die man an den Steinen befestigen kann.

Es ist im übrigen durchaus sinnvoll, die Kosten miteinander zu vergleichen und den Grabstein nicht gleich bei der ersten besten Grabmalfirma zu bestellen. Die Preise können sich deutlich voneinander unterscheiden.

Grabmale nach eigenem Entwurf

Man muß sich nicht an vorgefertigte Grabsteine und industriell hergestellte Massenware halten. Mit etwas mehr Aufwand – aber nicht unbedingt Kosten – kann man zu einem ganz persönlichen Grabmal kommen.

Folgende Überlegungen können dabei helfen:

- Welches Material paßt am besten zu meinem verstorbenen Angehörigen?

Naturstein, Holz und Schmiede- oder Gußeisen sowie Bronze sind am weitesten verbreitet. Aber man kann – je nach den Grabmalbestimmungen und den vorhandenen Möglichkeiten – auch Ton, Edelstahl, Kunststein (Zement u.ä.) oder Ziegelsteine verwenden. Kleinere Grabmale oder Schriftplatten für größere Grabmalformen kann man selbst aus Ton modellieren, trocknen und in einer Werkstatt brennen und eventuell auch glasieren lassen. Sie sind fast ebenso dauerhaft wie Grabmale aus Stein. Auch Holzkreuze oder Holzstelen, aufrecht stehende dicke Bretter, kann man selbst schnitzen oder zusammenbauen. Dauerhaftes Holz hält mit einem gut deckenden Anstrich, der regelmäßig aufgefrischt wird, außerordentlich lange. So kann man je nachdem, welches Material man wählt, ein Grabmal selbst bearbeiten oder einen Entwurf skizzieren und von einem Handwerker oder Künstler herstellen lassen.

- Welche Inschrift soll auf dem Grabmal zu lesen sein?

Wie bei der Todesanzeige stehen meistens der Name und die Lebensdaten auf den Grabmalen. Man kann aber auch andere Inschriften wählen: Bibelstellen, das persönliche Motto oder einen Sinnspruch, der den Grabbesuchern Trost spendet und mit dem Verstorbenen eng verbunden ist.

- Soll das Grabmal weiteren Schmuck tragen?

Wie gesagt, kann man aus dem Material auch Darstellungen oder Symbole im Relief oder in Ritzzeichnung herausarbeiten lassen. Hier kommt es auf den Bezug zu dem Verstorbenen an. Vielleicht gehört ein ganz spezielles Symbol, ein Zeichen oder ein Bild zu dem Verstorbenen, oder man möchte das geliebte Antlitz auf dem Grabstein wiederfinden. Auf den meisten Friedhöfen in Deutschland scheint es allerdings nicht erlaubt zu sein, Fotos auf Grabmalen anzubringen. Deshalb muß man das Porträt aus dem Stein oder Holz herausarbeiten oder in Form eines Reliefs aufsetzen. Hat man ganz bestimmte

Vorstellungen, so sollte man beim Friedhof nachfragen, ob eine Ausnahmegenehmigung möglich ist. Meist ist gegen eine gewisse Gebühr vieles erlaubt, was offiziell eigentlich nicht geht.

Bevor man einen Steinmetz, Stein- oder Holzbildhauer, einen Kunstschmied oder einen bildenden Künstler mit dem Entwurf und der Herstellung eines individuell gestalteten Grabmals beauftragt, sollte man sich Arbeitsproben zeigen lassen und im gemeinsamen Gespräch einen skizzenhaften Entwurf des Grabmales entwickeln. Hat man sich für einen bestimmten Bildhauer und eine Form entschieden, so läßt man sich am besten einen Kostenvoranschlag geben und legt den Auftrag schriftlich fest.

Auch das Aussuchen und noch mehr die Gestaltung eines Grabmals nach eigenen Vorstellungen sind Trauerarbeit und rufen die Erinnerung an den Verstorbenen jedesmal von neuem wach. Die Aufstellung des fertigen Grabmales ist dann ein weiterer Schritt dahin, daß man die Endgültigkeit des Todes akzeptiert. Besonders wenn man den Namen seines Angehörigen mit seinen Lebensdaten auf dem Grabstein sieht, wird das Wissen um diese Endgültigkeit noch einmal sehr intensiv im Vordergrund stehen.

- **Auf den meisten Grabstätten ist man nicht verpflichtet, ein Grabmal aufzustellen.**
- **Vor der Grabmalaufstellung und vor jeder Veränderung am Grabmal muß man die Genehmigung des Friedhofsträgers einholen.**
- **Alle größeren und aufrecht stehenden Grabmale müssen von einem Fachbetrieb standsicher befestigt werden und entsprechend ihrer Größe dauerhaft gegründet sein.**
- **Der Preis eines Grabsteins setzt sich aus den Kosten des Steinmaterials, der Behandlung der Oberfläche, der Beschriftung und weiterer Schmuckformen, sowie der Aufstellung und Grabmalgenehmigung zusammen. Bei der Schrift zählt jeder einzelne Buchstabe.**
- **Grabmale kann man vorgefertigt kaufen oder sich persönlich von einem Steinbildhauer oder Künstler entwerfen lassen.**

Ewige Dauer?

Ein Grabmal setzt man eigentlich immer mit dem Gefühl, daß es von nun an für immer an seinem Ort stehen bleiben wird. Besonders ein Stein bildet durch sein Material in sich selbst ein Symbol für Dauerhaftigkeit, Standhaftigkeit und Unvergänglichkeit. So steht das Grabmal zum Zeichen einer Trauer, die für immer fortdauern soll. In diesem Sinne lassen auch viele Menschen das Wort »Unvergessen« in ihren Stein einschlagen.

Doch wie gesagt, auch heftige und sehr tiefe Trauer verändert sich im Verlauf eines Trauerprozesses. Die Erinnerung an den Verstorbenen wird immer mehr in das eigene Leben integriert. Wir nehmen unsere Verstorbenen dann sozusagen in uns hinein und lassen sie dort weiterleben. So hat das Grab als Ort der Trauer für die meisten Menschen nach dem Ablauf der Ruhefrist – im allgemeinen also nach 25 Jahren – nicht mehr die gleiche Bedeutung wie direkt nach dem Tod. Viele geben dann die Sorge um ein Grab gern auf. Reihengrabstätten sind nach dieser Frist, wie gesagt, sowieso nicht mehr verlängerbar. Die Friedhofsträger haben die Erfahrung, daß sogar die meisten Familiengräber spätestens nach dreimaligem Ablauf der Ruhezeit – also nach ungefähr 75 Jahren – zurückfallen, weil sich niemand mehr findet, der eine Verlängerung wünscht.

Die Gebeine der Toten werden nach dem Ablauf der Ruhezeit nicht wieder ausgegraben. Angehörige können einen Antrag auf eine Exhumierung ihres Verstorbenen oder seiner Asche stellen, wenn sie den Toten gern in ein anderes Grab umbetten lassen wollen.

Allerdings darf »nach der religiösen und sittlichen Anschauung des Volkes und nach allgemeinem Pietätsempfinden« ein Toter, der einmal beigesetzt worden ist, in seiner Ruhe nicht mehr gestört werden (Gaedke, S. 185). Deshalb müssen für eine Umbettung ganz besondere und gewichtige Gründe vorliegen, hinter denen dann selbst die Achtung vor der Totenruhe zurückzutreten hat. Als Grund ist zum Beispiel der Wunsch einer Witwe anerkannt worden, mit ihrem bereits bestatteten Ehemann die gleiche Grabstätte zu teilen. Auch der Wunsch, Angehörige einer Familie, die in verschiedenen Grabstätten beigesetzt waren, in einem Grabe zu vereinigen, konnte vor Gericht erfolgreich durchgesetzt werden. Ein weiterer Grund könnte sein, daß ein Friedhof geschlossen werden soll und man die Gebeine seiner Vorfahren in ein neues Familiengrab übertragen wissen möchte.

Der Friedhofsträger hat das Recht, über jede Umbettung zu entscheiden, und kann die Erlaubnis dazu verweigern. Wird sie erteilt, so braucht man außerdem noch die Zustimmung der zuständigen Ordnungsbehörde, die im Benehmen mit dem Gesundheitsamt zu erteilen ist. Wenn man eine Umbettung in Erwägung zieht, muß man sich also zuerst mit dem Friedhofsträger in Verbindung setzen.

Noch im 19. Jahrhundert war übrigens die Gewohnheit weit verbreitet, abgelaufene Gräber zu öffnen und auszuräumen, um dort für Neubelegungen Platz zu schaffen. Die Gebeine warf man in eine offene Grube, die man erst dann mit Erde abdeckte, wenn sie voll war.

Heute werden abgelaufene Gräber nur oberirdisch geräumt: Das Grabmal wird weggenommen. Über die ehemalige Lage der abgeräumten Gräber, die damit auf den ersten Blick nicht mehr kenntlich sind, geben die Friedhofspläne noch lange Auskunft. Wenn an gleicher Stelle ein neues Grab eingerichtet wird, wartet man, ob bei der Aufgrabung einer neuen Gruft Gebeine aufgefunden werden. Oft findet sich nichts mehr in der Erde. Wenn aber noch Knochen erscheinen, werden sie – wie schon oben erwähnt – gesammelt und im Boden der neuen Gruft tiefer wiederbestattet.

Über die Grabmale haben die Nutzungsberechtigten so lange das Bestimmungsrecht, wie die Ruhezeit läuft. Wenn sie vorher nicht weggenommen werden, gehen die Grabmale nach dem Ablauf der Ruhefrist in den Besitz des Friedhofes über. So steht es in den meisten Friedhofsordnungen. Der Friedhofsträger setzt üblicherweise eine gewisse Nachfrist und läßt dann die Grabsteine abräumen. Den Grabbesitzern entstehen dadurch keine Kosten. Die Steine werden meistens zerschlagen und abtransportiert. Manche Grabsteinbrocken sind schon bei städtischen Bauvorhaben wie Uferbefestigungen oder Fundamentierungen wieder aufgetaucht.

Von der Abräumung ausgenommen werden erhaltenswerte oder denkmalgeschützte Grabmale von besonderem künstlerischen oder kulturhistorischen Wert. Man läßt sie am Ort ihrer Aufstellung stehen oder bringt sie in museale Friedhofsbereiche, um sie dort der Nachwelt zu erhalten. Außerdem entscheiden die kommunalen Verwaltungen darüber, ob sie Grabstätten besonders verdienter Mitbürger weiter verlängern. Sie schützen sie vor der Abräumung, um das Andenken dieser besonderen Persönlichkeiten zu ehren.

- **Ein Grabmal gehört dem Nutzungsberechtigten und bleibt bis zum Ablauf der Ruhefrist sein Eigentum.**
- **Die Totenruhe wird durch öffentliches Recht geschützt (§ 168 StGB).**
- **Man kann einen Leichnam nur aus gewichtigen Gründen umbetten lassen. Der Friedhofsträger hat darüber zu entscheiden.**
- **Abgelaufene Gräber werden nur oberirdisch geräumt.**
- **Wenn sich niemand darum kümmert, läßt der Friedhofsträger die Grabmale von abgelaufenen Gräbern abräumen. Dem Nutzungsberechtigten entstehen dadurch keine Kosten.**

Totengedenken und Zeiten der Erinnerung

Erinnerungsstücke und Andenken

Trauern heißt auch sich schmerzlich erinnern und etwas Gewohntes kummervoll vermissen: sich erinnern an die guten und die schlechten Zeiten, die man miteinander verlebt hatte; sich erinnern an die Pläne und Ideen, die man für eine gemeinsame Zukunft hatte, die jetzt nicht mehr existiert; sich erinnern an Dinge, die der Verstorbene für einen tat, und die niemand anderer auf genau diese Weise tun wird; sich erinnern an das Gesicht, an die Stimme und an den Geruch eines vertrauten Körpers, den man nicht mehr sehen und fühlen kann.

Trauer und Erinnerung findet in den Menschen selbst statt. Sie ist nicht an einen bestimmten Ort gebunden. Doch kann sie an bestimmten Orten und durch bestimmte Dinge besonders hervorgerufen werden: den Ort, wo der tote Körper seine letzte Ruhe gefunden hat und vergeht; die Totenmaske, das Bild, das Tonband oder den Film, in denen Körper und Stimme des Verstorbenen ein Stück weit wiederaufleben; die Kleidung, die den Körperabdruck und den Geruch des Toten eine Zeitlang in sich birgt.

Viele Menschen, die ihre Angehörigen verlieren, brauchen nach dem Tod noch eine lange Zeit, in der solche Erinnerungsstücke eine wichtige Rolle spielen. Durch sie wird einerseits die Trennung noch schärfer fühlbar, andererseits aber bringen sie etwas von dem zurück, was nicht mehr da ist. So gibt es in vielen Wohnungen einen Platz der Erinnerung: Das oder die Fotos der Verstorbenen stehen oder hängen dort. Blumen, Andenken und eine Kerze schmücken sie.

Früher gab es zum Teil einen regelrechten Andenkenkult in den Wohnungen: Besonders im 18. und 19. Jahrhundert, als die Sterblichkeit von Kindern und von Frauen im Kindbett sehr hoch war und jede Familie mehrere Tote zu betrauern hatte, wurden aus den Haaren der Verstorbenen Bilder hergestellt; Blumen, Bäume und Grabmale waren beliebte Motive. Haare wurden auch zu Armreifen verflochten oder in Medaillons am Hals getragen. Auf gestickten Trauertüchern waren die Namen und Daten der Verstorbenen eingearbeitet. Man ließ Gedenkringe und Anhänger anfertigen, und es gab sogar Trauerfächer. Viele dieser Dinge wurden in der Familie selbst hergestellt.

Auch heute noch kann es in der Trauer gut tun, ein solches oder ein anderes Andenken an den Verstorbenen selbst herzustellen. Während dieser Tätigkeit hat man die Möglichkeit, intensiv an den Toten zu denken. Vieles kann dabei aus der Erinnerung wiederaufleben, was uns miteinander verbunden hat. Diese Gefühle, Gedanken und Wünsche sind dann für lange Zeit in dem Andenken festgehalten und enthalten. Es trägt sie sozusagen ein Stück weit stellvertretend für uns und unsere Beziehung in sich.

Persönliche Trauertage

Besonders im Laufe des ersten Jahres nach dem Tod gibt es eine Reihe von Tagen, die die schmerzliche Erinnerung sehr heftig wiederaufleben lassen.

Dazu gehören in der katholischen Kirche die Fürbitten der sonntäglichen Eucharistiefeier, bei denen der zuletzt Verstorbenen gedacht wird; außerdem die darauffolgenden Gedächtnistage – der siebte und der 30. Tag nach dem Tod und das Sechswochenamt –, bei denen im Gottesdienst das Andenken an den Verstorbenen und das Gebet für ihn lebendig gehalten wird. In den evangelischen Kirchen wird in dem Gottesdienst, der auf den Tod folgt, die Bestattung abgekündigt: Die Verstorbenen der Vorwoche werden namentlich genannt, und es wird für sie und ihre Angehörigen gebetet. Manche Geistliche wenden sich auch eine Zeit nach der Bestattung noch einmal persönlich an die Angehörigen oder schreiben ihnen zu hohen Festtagen wie zum Beispiel zu Weihnachten.

Im privaten Bereich sind – besonders im ersten Jahr – die Geburtstage des Verstorbenen, aber auch der eigene und der anderer Familienmitglieder, die sonst immer gemeinsam gefeiert wurden, und der oder die Todestage besonders traurige Anlässe zur Erinnerung. Auch an Weihnachten kann die Lücke, die der Tod gerissen hat, sehr schmerzlich zu spüren sein. Manche Familien haben die Tradition, am Weihnachtsabend zum Friedhof zu gehen und ihr Grab mit Lichtern oder sogar einem kleinen Tannenbaum zu schmücken, und beziehen so ihre Toten in ihr Leben mit ein.

Wenn es irgendwie geht, sollte man diese Zeiten nicht allein begehen. Man kann sich verabreden, um gemeinsam in der Familie oder im Freundeskreis für den Verstorbenen zu beten, das Grab zu besuchen oder sich auf andere Weise an ihn zu erinnern und danach noch eine Weile zusammenzubleiben, um sich auszutauschen und vielleicht gemeinsam eine Kleinigkeit zu essen. Man fühlt sich nicht ganz so verlassen und einsam, wenn man Schmerz und Erinnerungen miteinander teilen und einander mitteilen kann.

Angehörige und Freunde von Trauernden sollten auf jeden Fall daran denken, daß diese Tage besonders schwer zu ertragen sind. Eine Karte oder ein Anruf, eine Einladung oder ein Besuch können über die schweren Stunden ein wenig hinweghelfen. Allerdings müssen Trauernde immer bei sich selbst nachspüren, was für sie in einer solchen Zeit richtig ist. Vielleicht ist es gut, ein freundliches Hilfsangebot anzunehmen. Vielleicht ist es aber auch notwendig, gerade an diesem Tag allein zu sein. Dann sollten sich Freunde von einer Absage nicht entmutigen lassen. An einem anderen Tag wird ihre Hilfe willkommen sein.

Totengedenktage

Nicht nur die persönlichen Gedenktage sind schwer auszuhalten. Auch in der Novemberzeit, wenn die beiden großen christlichen Religionen ihre Totengedenktage feiern und überall in den Medien von Tod und Sterben die Rede ist, wird man immer wieder an den eigenen Verlust erinnert.

Das öffentliche Totengedenken im Gottesdienst, in dem die Namen aller Verstorbenen des vergangenen Jahres noch einmal genannt werden, und die Gemeinschaft der anderen, die den gleichen Schmerz erlitten haben, kann aber zugleich auch helfen, sich mit diesem persönlichen Verlust in Schutze einer vertrauten Gemeinschaft auseinanderzusetzen und sich ein Stück weit aufgehoben zu fühlen.

In katholischen Gegenden ist es üblich, am 1. November – dem Vorabend von Allerseelen – die Gräber der Angehörigen zu besuchen, auszuschmücken und ein Licht auf dem Grab anzuzünden. In kleineren Gemeinden wird der Friedhof so zum Treffpunkt nicht nur der Toten, sondern auch der Lebenden. Die Eucharistiefeier wird als Gedenkgottesdienst für die Verstorbenen des letzten Jahres und alle anderen Verstorbenen gestaltet.

In den evangelischen Gegenden besucht und schmückt man die Gräber vor oder in der Totenwoche vom Volkstrauertag bis zum Ewigkeits- oder Totensonntag, zu dem die Geistlichen die Angehörigen der im Vorjahr Verstorbenen meistens persönlich einladen. Auch in diesem Gottesdienst werden die Namen der Toten verlesen.

In den Feiern beider Konfessionen schwingt die christliche Überzeugung mit, daß jeder Mensch nicht nur einen bürgerlichen Namen, sondern »auch und vor allem bei Gott einen Namen« hat. In der schon erwähnten Schrift der Bischöfe heißt es dazu: »Wir sind vor Gott nicht anonyme Wesen der Masse, sondern Personen, mehr noch: seine geliebten Kinder, Schwestern und Brüder zu Jesus Christus. Gott hat jeden Menschen ›beim Namen gerufen‹ (Jes 43,4). Unsere Namen ›stehen im Buch des Lebens‹ (Phil 4,3) ... Darum erinnern wir uns ebenfalls der Toten; wir halten sie ›in ehrendem Gedächtnis‹; wir schreiben ihre Namen zur Erinnerung auf ihre Gräber; wir erinnern uns ihrer in der Feier der Liturgie ... Bei Gott einen Namen zu haben, das ist letztlich entscheidend ... Viele Mitmenschen setzen heute ... allein die Erinnerung an die Toten – nichts sonst – mit dem Weiterleben nach dem Tode gleich: Wer vergessen ist, ist endgültig tot. Christen erinnern sich an die Toten: nicht damit sie leben, sondern weil sie leben« (Die deutschen Bischöfe / 53, S. 42).

Nicht nur die kirchlichen Totengedenktage liegen im November, auch der staatliche Volkstrauertag, an dem der Toten beider Weltkriege gedacht wird, wird in diesem Monat begangen. An diesem Tag werden in den Kommunen Kränze an den Soldatengräbern und -denkmälern niedergelegt. Gedenkfeiern und Gottesdienste finden statt.

Diese Gedenktage liegen in einer Jahreszeit, die uns alle durch das Absterben der Natur an das Ende des Lebens erinnert. Mit dem Osterfest feiert unsere christlich geprägte Kultur ein hohes kirchliches Fest, in dem Sterben und Tod anders gewichtet sind. Durch die Frühlingszeit ist es mit dem Wiederauferstehen der Natur verbunden. Totgeglaubte Pflanzen und Bäume werden wieder grün und erneuern sich im Jahreslauf. So bestärkt die Natur selbst uns in der Hoffnung auf Erneuerung und Wiederkehr. In der gleichen Zeit wird in den beiden großen Konfessionen das Osterfest begangen und damit an den Kreuzestod Jesu Christi erinnert. In der Osterbotschaft enthalten ist der Glaube an die Auferstehung Christi als eine Hoffnung, die über den sicheren Tod hinausträgt.

- **Trauer und Erinnerung findet in den Menschen selbst statt. Sie ist nicht an einen bestimmten Ort gebunden, kann aber an bestimmten Orten, durch bestimmte Dinge besonders hervorgerufen oder verstärkt werden.**
- **Private und öffentliche Gedenktage lassen die Trauer wieder aufleben. Zugleich können sie helfen, sich mit dem persönlichen Verlust im Schutz einer Gemeinschaft auseinanderzusetzen.**

Vorstellungen vom Weiterleben der Toten

Während bei uns heute die Vorstellungen vom Weiterleben der Toten eher im geistigen Bereich angesiedelt sind, finden sich in anderen Kulturen Totenkulte, in denen die Toten regelmäßig in das Leben miteinbezogen sind.

Ein Beispiel dafür ist das mexikanische Totenfest, in dem christliche Vorstellungen sich mit den Traditionen der indianischen Überlieferung mischen: Zu Allerseelen kommen die Toten zu Besuch zu ihren Verwandten. Sie werden festlich empfangen. Die Familien besuchen, bewirten und feiern aus diesem Anlaß miteinander und mit ihren Toten. Um Mitternacht müssen die Toten dann zurückkehren. Auf dem Friedhof, wo die Gräber gereinigt und geschmückt worden sind, wird erneut von ihnen Abschied genommen, bis zur Wiederkehr des Totenfestes im folgenden Jahr.

Weiterleben und Wiederkehr der Toten ist aber auch in unserer Traditon kein fremder Gedanke: Die europäischen Märchen, Sagen und Legenden zeigen deutlich, daß man einst auch hier intensiv mit solchen Vorstellungen gelebt hat.

Besonders in der Zeit zwischen Tod und Begräbnis galt der Tote als »ganz unbehaust«: Er gehörte nicht mehr zum Diesseits und noch nicht zum Jenseits. So glaubte man mancherorts, daß Tote noch – wenigstens eine gewisse Zeit, nachdem sie gestorben waren – heimlich weiterlebten: Sie sollten hören und fühlen können, was um sie vorgeht, und noch einige Lebensfunktionen besitzen. Für Nachlässigkeiten sollten sie sich rächen können. Nach diesen Vorstellungen besaßen Tote sozusagen die Macht, wiederzukommen. Archaische Vorstellungen von »lebenden Leichnamen« vermischten sich dabei mit dem Glauben an erlösungsheischende Seelen, die als Geistwesen helfend oder schadend umgehen könnten.

Wir sind heute aufgeklärt und halten das alles vom Verstand her für Aberglauben. Aber dennoch gibt es viele Menschen, die sich vor Leichen nicht nur ein wenig gruseln wie die meisten, sondern echte Furcht erleben oder Wahrnehmungen haben, die mit unserem aufgeklärten Leben nicht vereinbar sind. Wieweit solche Wahrnehmungen von außen kommen könnten oder ob sie ganz oder teilweise aus dem

Innenleben eines Trauernden stammen, kann ich nicht beurteilen. Möglicherweise spiegeln sie auch die eigenen psychischen Kräfte solcher Menschen wider, die in außerordentlich festen Bindungen an ihren Verstorbenen festhalten. Daß solche Wahrnehmungen für denjenigen, dem sie widerfahren, unumstößliche Wahrheiten sind, soll nicht in Frage gestellt werden.

Es sei aber ausdrücklich vor den vielen Scharlatanen, medial veranlagten Menschen oder anderen Persönlichkeiten gewarnt, die eine solche Furcht und die starke Trauer beim Tod eines nahen Angehörigen schamlos ausnutzen können. Sie bieten vielleicht geheimnisvolle Treffen an, bei denen der Trauernde zum Beispiel mit dem Verstorbenen durch ein Medium sprechen können soll oder Verstorbene beim sogenannten Tischerücken auf bestimmte Fragen mit ja oder nein antworten, oder was es sonst noch alles für Praktiken gibt.

Ich glaube selbst, daß es vieles unter der Sonne gibt, das man mit unseren aufgeklärten wissenschaftlichen Methoden nicht erklären kann. Aber hier ist größte Vorsicht geboten: Die allermeisten Angebote in diesem Bereich dienen dazu, den Trauernden das Geld aus der Tasche zu ziehen und die mitleidigen Helfer zu bereichern.

Trotzdem leben die Toten natürlich in uns, ihren Angehörigen, weiter fort. Dieses Fortleben und die Trauer über den Verlust kann so intensiv sein, daß uns Dinge passieren, die wir vorher nicht für möglich gehalten hätten. Sensible Menschen träumen manchmal außerordentlich lebendig von ihren Verstorbenen und können in ihren Träumen wichtige Antworten auf Fragen bekommen, die für sie noch ungeklärt waren.

Eine Trauernde hat mir von einer Begegnung mit ihrem Toten berichtet: Sie sah ihn als lebendige Person vor sich und sprach mit ihm. Er verschwand erst, als sie ihn berühren wollte. Solche Erlebnisse mit halluzinatorischem Charakter können leicht die Befürchtung auslösen, man sei nicht mehr ganz normal. Doch gibt es Berichte, die ähnliche Erfahrungen beschreiben. Ein großer Schatz ist in den alten Märchen geborgen. Aber auch im Johannesevangelium scheint Maria Magdalena mit Jesus etwas ganz Ähnliches erlebt zu haben, wenn man denn die Bibelworte als Erfahrungsbericht liest (Joh 20,17).

Wenn man solche Erfahrungen bei sich selbst macht und sie nicht einordnen kann, sollte man sich überlegen, wem man sich anvertrauen kann. Die Vertrauenswürdigkeit dieses Menschen sollte man vorher genau prüfen. Mit dem langsamen Vergehen der Trauer, wenn man beginnt, den neuen Lebensabschnitt innerlich anzunehmen, können solche Bilder aber auch von selbst verschwinden.

Trauerbegleitung

Hat man keinen nahen Angehörigen oder Vertrauten, dem man seine Gefühle und Wahrnehmungen während der Trauer mitteilen kann oder möchte, oder möchte man nach einer gewissen Zeit seine Freunde und Angehörigen nicht mehr mit der eigenen Trauer belasten, so gibt es inzwischen an vielen Orten die Möglichkeit, Begleitung in der Trauer zu finden.

Einzelpersonen, Familienbildungsstätten, Vereine, Selbsthilfeorganisationen, Evangelische und Katholische Akademien, einzelne Geistliche, vereinzelt aber auch Bestattungsunternehmer bieten eine solche mitmenschliche Begleitung an. Dabei gibt es die Möglichkeit zu Einzelgesprächen oder zur Teilnahme an Gruppen, in denen sich Trauernde mit ähnlichem Schicksal treffen. In diesen Gesprächen und Gruppen geht es immer darum, sich selbst und den eigenen Gefühlen behutsam näherzukommen und zu lernen, sie – auf welche Weise auch immer – auszudrücken.

Oft hilft schon das Gespräch, in dem jeder von seinem Schicksal erzählt und alle anderen teilnehmend zuhören. Vertiefend kann man in geleiteten Meditationen und Übungen mit den eigenen Symbolen, Bildern und Gefühlen in Kontakt kommen und ihnen durch Malen oder andere Darstellungsweisen eine Gestalt geben.

Gerade nach den ersten drei Monaten nach dem Tod, wenn sich alle anderen schon wieder ihren Alltagsgeschäften zugewandt haben, kann eine solche Trauerbegleitung den Bedürfnissen von Trauernden entsprechen. Vielen Menschen hilft eine Reihe von Einzelgesprächen oder Gruppensitzungen; so zum Beispiel, wenn man befürchtet, die eigene Trauer würde überhaupt nicht mehr aufhören; wenn man das

Gefühl hat, man würde sein Leben nicht in den Griff bekommen, oder wenn man den frühen Tod eines Kindes oder den Selbstmord eines Angehörigen verkraften muß.

- **Es gibt im sogenannten Volksglauben viele Vorstellungen von einem ruhelosen Weiterleben der Gestorbenen oder von Besuchen der Toten bei den Lebenden.**
- **Bei einer sehr intensiven Trauer können Wahrnehmungen auftreten, die normalerweise als Aberglaube abgetan würden. Mit dem langsamen Abebben der Trauer vergehen sie meistens.**
- **Äußerste Vorsicht sollte man gegenüber Versprechungen wahren, die ein – wie auch immer geartetes – übersinnliches Treffen mit Verstorbenen anbieten.**
- **Man kann sich Begleitung und Hilfe in der Trauer suchen. Es gibt Gruppen und Angebote zu Einzelgesprächen von meist ehrenamtlich oder gegen ein geringes Entgelt arbeitenden, ausgebildeten Trauerbegleitern.**

Der Tod befreit ... jeden von uns in seiner Weise von den Bürden und Ungerechtigkeiten dieses Lebens. ... Im Augenblick meines Todes verlieren plötzlich Einkommensteuerbehörden wie Inflation die Macht, mich weiterhin zu plagen. Schon im voraus strecke ich ihnen im Namen meines Leichnams die Zunge heraus ...

ARNOLD J. TOYNBEE; *aus: Erlebnisse und Erfahrungen*

Der Nachlaß

Mit dem Tod endet nicht nur das Leben. Der Tod setzt auch einen Schlußpunkt hinter alle weltlichen Angelegenheiten des Verstorbenen. Der oder die rechtmäßigen Erben treten seine Nachfolge an. Damit müssen sie plötzlich ganz persönliche Dinge für einen nahen Angehörigen oder Freund regeln, der seinen Willen selbst nicht mehr kundtun kann – es sei denn, er oder sie hätte ein Testament verfaßt.

Gesetzliche Erben sind in erster Linie der Ehegatte und die Kinder, Enkel und Urenkel eines Verstorbenen. Wenn man mit der gesetzlichen Erbfolge nicht einverstanden ist, so ist – wie bei den Verfügungen über die Bestattung – Vorsorge unumgänglich: Man muß sich über den Umgang mit den Dingen, die man auf dieser Welt für eine bestimmte Zeit besitzt, Gedanken machen und seinen Letzten Willen mündlich und schriftlich formulieren. Man kann sich frei entscheiden, wem man seinen Besitz hinterlassen will. Die gesetzlichen Erben haben dann nur noch Anspruch auf einen Pflichtteil, der prozentual aus der Anzahl der Erben errechnet wird. Gedanken über den Nachlaß und das Testament beeinflussen natürlich zugleich das Leben. Durch das Wissen um die eigene Endlichkeit können sich Wertvorstellungen verschieben oder neu entstehen.

Testament

Seinen Letzten Willen oder Testament kann jeder einfach niederschreiben und an einer sicheren Stelle bei sich zuhause so aufbewahren, daß es im Falle seines Todes schnell gefunden wird. Es muß nur eigenhändig geschrieben und unterschrieben sowie mit Ortsangabe und Datum versehen sein. Je klarer und genauer es formuliert ist, desto einfacher ist es für die Nachkommen, sich daran zu halten.

Ein eigenhändiges Testament reicht immer dann aus, wenn keine großen Vermögen zu vererben sind, man aber Erbfolge und Nachlaß geregelt wissen möchte. Ein solches Testament ist rechtlich genauso wirksam wie ein Testament, das man von einem Notar niederschreiben und beurkunden läßt.

In schwierigeren Fällen empfiehlt es sich, einen Notar aufzusuchen. Die Kosten dafür richten sich prozentual nach dem Reinwert des Vermögens, das vererbt werden soll, und sind geringer, als man allgemein annimmt. Der Notar ist verpflichtet, den Willen des Erblassers zu erforschen, den Sachverhalt zu klären, über die rechtliche Tragweite zu belehren und den Letzten Willen in seiner Niederschrift unzweideutig wiederzugeben. Das notarielle Testament kann nicht verlorengehen. Es wird beim Nachlaßgericht gegen eine gewisse Gebühr bis zum Todesfall hinterlegt.

Jeder, der ein Testament in Besitz hat, ist verpflichtet, es unverzüglich nach dem Tode beim Nachlaßgericht am Ort des Todes abzuliefern. Das Nachlaßgericht ist eine Abteilung des zuständigen Amtsgerichtes. Es bestimmt einen Termin zur Testamentseröffnung. Befindet sich ein Testament schon in amtlicher Verwahrung, so benachrichtigt das Nachlaßgericht automatisch die Angehörigen, sobald es vom Standesamt über den Tod informiert wird.

Zum amtlichen Eröffnungstermin sollen die gesetzlichen Erben geladen werden. In der Praxis wird dazu allerdings meist nicht mehr eingeladen, sondern es wird nur noch eine Kopie des Testaments und des Eröffnungsprotokolls an die beteiligten Personen gesandt. Man muß also zu einem solchen Termin nicht unbedingt erscheinen. Nur wenn Erben erschienen sind, wird das Testament offiziell geöffnet, verkündet und auf Verlangen vorgelesen.

Entstehen nach dem Tode eines Angehörigen Streitigkeiten, kann man im übrigen nur dazu raten, trotz der Trauer einen möglichst klaren Kopf zu bewahren und einander nicht unnötig zu kränken. Vielleicht denkt man auch daran, daß gerade in solchen Auseinandersetzungen die Vergangenheit und – besonders bei inzwischen erwachsenen Geschwistern – die Beziehungen untereinander und zu dem verstorbenen Elternteil eine große Rolle zu spielen pflegen. Manchmal geht der Streit nur auf einer äußerlichen Ebene um das materielle Erbe; in einer tieferen Schicht der Seele läßt einen vielleicht die Erinnerung an eine besondere oder an fehlende Zuwendung zu dem kindlichen Selbst, das man immer noch mit sich herumträgt, erbittert um einen bestimmten Gegenstand streiten.

Erbschein

Egal, ob der Letzte Wille nur mündlich oder überhaupt nicht ausgesprochen worden oder ein Testament vorhanden und eröffnet worden ist: man braucht als erstes den Erbschein, um ein Erbe antreten und die Nachlaßangelegenheiten regeln zu können.

Der Erbschein ist der gesetzlich geregelte Ausweis über das Erbrecht einer oder mehrerer Personen und damit zugleich ein amtliches Zeugnis, in dem vor allem die Person des Erben und ihr Erbrecht benannt ist. Außerdem ist damit dokumentiert, ob noch andere Erben ein Anrecht auf einen Teil des Nachlasses haben, oder ob eine Testamentsvollstreckung ansteht.

Man muß den Erbschein bei dem Nachlaßgericht beantragen, in dessen Bezirk der Verstorbene seinen letzten Wohnsitz hatte. Jeder Erbe oder Miterbe kann einen solchen Antrag stellen. Dafür muß man persönlich beim Nachlaßgericht erscheinen – man kann natürlich auch einen Bevollmächtigten schicken – und folgende Angaben machen, die durch Urkunden oder eidesstattliche Erklärungen abgesichert sein müssen:

- Zeit des Todes des Erblassers (Sterbeurkunde);
- das Familienverhältnis (Geburtsurkunde / Familienstammbuch) oder die Verfügung (Testament), worauf das Erbrecht beruht;

- ob und welche Personen vorhanden sind oder vorhanden waren, die als Erben ebenfalls in Frage kommen (wenn nicht anders möglich: eidesstattliche Erklärung);
- ob ein Rechtsstreit über das Erbe anhängig ist (wenn nicht anders möglich: eidesstattliche Erklärung).

Das Nachlaßgericht darf den Erbschein nur erteilen, wenn es die Tatsachen, mit denen der Antrag begründet worden ist, nachgeprüft hat.

Ohne Erbschein kann man nicht oder nur eingeschränkt über die Konten, Sparbücher oder Bankfächer eines Verstorbenen verfügen, also auch keine Daueraufträge oder Einzugsermächtigungen zurücknehmen. Den Erben gehört nach dem Tode eines Angehörigen ja nicht nur dessen Geld oder sogar Immobilien, sondern auch die Verantwortung für den gesamten nachgelassenen Hausstand und alles, was damit zusammenhängt.

Wohnungsauflösung

Wenn man nicht mit dem Verstorbenen zusammengelebt hat und/oder die Wohnung nicht behalten will, so wird man dessen Hausstand auflösen müssen. Wenn allerdings der Ehe- oder Lebenspartner gestorben ist, sollte man sich gut überlegen, ob man die gemeinsame Wohnung wirklich sofort nach dem Tod aufgeben will oder muß. Auch wenn der Schmerz am Anfang fast unerträglich ist, so scheint es doch hilfreicher zu sein, die unumgängliche Trennung, die durch den Verlust eingetreten ist, nicht noch durch einen Wohnungs- oder sogar Wohnortwechsel zu verschärfen. Damit trennt man sich zusätzlich selbst von der eigenen vertrauten Umgebung. Außerdem ist in der ersten Zeit nach einem schweren Verlust die Gefahr groß, daß man sich bei einem Wohnungswechsel finanziell deutlich verschlechtert.

Jede Wohnungsauflösung – die eigene ebenso wie die der verstorbenen Eltern, Angehörigen oder Freunde – bedeutet, daß man auch dabei Abschied nehmen muß: Abschied von vielen alltäglichen Dingen, mit denen man vielleicht selbst in der Kindheit ein Stück gelebt hat oder die noch etwas von dem Leben des Verstorbenen in sich tragen und ausstrahlen. Eine solche Haushaltsauflösung ist für jeden, der engeren Kontakt zum Verstorbenen hatte, ein weiteres Stück belastender Trauerarbeit. Die Trennung von persönlichen Dingen, mit denen ein geliebter Mensch gelebt hat, ist – ebenso wie ihre Übernahme in den eigenen Gebrauch – ein schmerzhafter Prozeß. Es braucht seine eigene Zeit, bis diese Dinge wie selbstverständlich zum eigenen Leben gehören oder aber endgültig vergessen sind.

Deshalb ist es wichtig, wenn Sie sich – so es irgendwie geht – für die Haushaltsauflösung möglichst viel Zeit nehmen, damit Sie diese Arbeit in Stücke aufteilen können und nicht alles auf einmal machen müssen. Sie sollten zwischendurch Zeit für Erholungspausen haben. Es hilft auch, wenn Sie nicht allein sind, sondern ganz praktischen, aber damit zugleich auch seelischen Beistand von Verwandten oder Freunden suchen und erhalten.

Es gibt überall professionelle Unternehmen, denen man eine Haushaltsauflösung übertragen kann. Man übergibt den Mitarbeitern für einen bestimmten Zeitraum den Wohnungsschlüssel. Die Haushaltsgegenstände und alles, was sich sonst in der Wohnung befindet, werden je nach Wert weiterverkauft oder in einen Recyclinghof gebracht. Damit ist ein erheblicher Arbeitsaufwand verbunden. Der Erlös aus dem Weiterverkauf der gebrauchten Gegenstände ist meist sehr gering und wiegt den Aufwand nicht auf. Deshalb muß man eine professionelle Haushaltsauflösung meistens bezahlen. Bevor man ein Unternehmen einschaltet, sollte man aber zumindest nachsehen, ob sich noch Wertgegenstände und Geld in der Wohnung befinden.

Außerdem muß man eine Reihe von Verträgen kündigen: neben dem Mietvertrag auch die Elektrizität, das Wasser usw. Im Anhang ist eine Liste zusammengestellt, die man dafür zu Hilfe nehmen kann. Am besten hält man sich aber an die vorhandenen schriftlichen Unterlagen, die die einzelnen Vertragsabschlüsse belegen.

Sterbegeld

Die Absicherung der Beerdigungskosten hat die Menschen schon immer bewegt. Noch im 19. Jahrhundert gab es die aus dem Mittelalter stammende Tradition der Sterbekassen, in die man regelmäßig kleine Summen einzahlte. Diese Kassen besaßen ein gemeinsames Grab auf dem örtlichen Friedhof, sorgten für eine angemessene Bestattung und zahlten den Hinterbliebenen etwas Geld aus. Mit der Einführung der Reichsversicherungsordnung gingen diese Kassen in die gesetzlichen Krankenkassen ein. So war es selbstverständlich, daß die Krankenkassen die Beerdigungskosten durch die Auszahlung eines Sterbegeldes abdeckten. Diese Institution ist inzwischen abgeschafft worden. Damit ist zugleich ein Stück der ehemals gemeinschaftlich getragenen sozialen Verantwortung wieder dem einzelnen allein aufgebürdet worden.

Das Sterbegeld ist allerdings noch nicht ganz abgeschafft. Bis endgültig niemand mehr darauf Anspruch hat, gibt es eine Übergangsregelung. Zur Zeit erhalten nur noch die Kassenmitglieder Sterbegeld, die schon vor dem 1. 1. 1989 einer gesetzlichen Krankenkasse angehört haben. Die Summe von 2.100.– DM (Stand 1997) ist gegenüber der Zeit vor 1989 deutlich verringert worden, so daß sie kaum noch zur Deckung der Beerdigungskosten ausreicht. Alle diejenigen, die nach dem Stichtag Kassenmitglieder geworden sind, erhalten überhaupt keinen Pfennig mehr.

Die Krankenkassen sind es gewohnt, daß die Bestattungsunternehmen mit ihnen abrechnen. Diese Unternehmen haben ein Formular, auf dem sie versichern, daß die Beerdigungskosten höher waren als die Summe, die als Sterbegeld festgelegt ist. Will man selbst mit der Kasse abrechnen, so muß man die Sterbeurkunde – zur Vorsicht sollte man auch eine Kopie des Erbscheins beilegen – und so viele einzelne Rechnungen einreichen, daß die Höhe des Sterbegeldes erreicht bzw. überschritten wird. Man sollte sich also unbedingt Rechnungen oder Quittungen ausstellen lassen (zum Beispiel für den Kauf eines Sarges und die Grab- und Beerdigungsgebühren des Friedhofes) und diese für die Abrechnung mit der Krankenkasse aufbewahren.

Abrechnung der Bestattungskosten

Gerade für Trauernde ist es schwer, sich im Angesicht des Verlustes auch noch mit so profanen Dingen wie Rechnungen und Geld zu befassen. Sie wirken in dieser Zeit wie Botschaften aus einer anderen, fremden Welt. Außerdem setzt man sich mit Nachfragen nach den Kosten unterschwellig oder offen leicht dem Vorwurf der Pietätlosigkeit aus (der ebenso von anderen wie aus dem eigenen Innern kommen kann).

Das mag mit ein Grund dafür sein, warum man diese Angelegenheiten gern einem Bestattungsunternehmen überläßt und sich meistens nur ungern Gedanken über die Kosten macht, die mit einer Bestattung zusammenhängen. Man möchte es nur so gut und schön wie möglich machen und ist viel zu sehr von dem Verlust betroffen, als daß man so wie im normalen Alltag praktisch und kostenbewußt handelt und entscheidet.

Eine Bestattung kostet viel Geld in unserer Gesellschaft. Ich habe sogar einmal die Behauptung gelesen, daß sie zu den drei kostspieligsten Ausgaben in einem Menschenleben zählt. (Die anderen beiden, die noch teurer sind, sollen das eigene Haus und der fabrikneue Wagen sein.) Deshalb sollte man auch bei einer Bestattung von Anfang an mit Rechnungen und Quittungen sehr sorgfältig umgehen. Das ist natürlich besonders unumgänglich, wenn man vieles selbst oder durch Verwandte und Freunde erledigen lassen will.

Es ist auch sinnvoll, die Belege der Bestattungskosten für den eigenen Steuerausgleich aufzubewahren. Unter bestimmten Umständen wird ein Teil dieser Kosten als steuermindernd angerechnet (wobei das Einkommen und die Höhe der Erbschaft eine Rolle spielen). Ein solcher bewußter Umgang mit allen Aspekten einer Bestattung hat meiner Ansicht nach nichts mit Pietätlosigkeit zu tun.

Die Gesamtabrechnung des Bestattungsunternehmens sollte man noch einmal daraufhin überprüfen, welche Posten aufgeführt sind und ob sie mit dem Auftrag und dem Kostenvoranschlag übereinstimmen. Da die Gebühren und Preise in diesem Bereich von Stadt zu Stadt außerordentlich stark schwanken, ist es allerdings schwierig, feste Richtwerte anzugeben. Doch sei hier noch einmal auf die Broschüre der Verbraucherzentrale verwiesen. Außerdem sind im Anhang die einzelnen üblichen Rechnungsposten noch einmal aufgeführt.

Bei der Abrechnung kann auch die Frage auftauchen, wer die Bestattungskosten eigentlich tragen muß. Rechtlich unterscheidet man nämlich zum einen den Bestattungspflichtigen, also denjenigen, der eine Bestattung veranlassen muß, und den Kostentragungspflichtigen. Beide Pflichten muß oft dieselbe Person tragen.

Es kann aber sein, daß zum Beispiel der oder die Lebensgefährte/in eines Verstorbenen zwar die Bestattungspflicht übernehmen muß, weil gerade kein Familienangehöriger anwesend ist, daß er oder sie aber nicht erbt, weil kein schriftliches Testament gemacht worden ist. In solch einem Fall müssen die erbberechtigen Familienangehörigen die Kosten für die Bestattung übernehmen, da der Erbe oder die Erbengemeinschaft nach dem Bürgerlichen Gesetzbuch (§ 1968) die standesgemäße Bestattung des Erblassers bezahlen muß.

Dabei kann man sich über die Frage streiten, was zu einer standesgemäßen Bestattung gehört. Dieser Begriff ist mit der Lebensstellung des Verstorbenen verknüpft. Im allgemeinen gehören dazu die Aufwendungen für

- die üblichen Todesanzeigen und die Danksagungen;
- die Leichenschau und die Leichenbesorgung, die Beschaffung des Sarges und die Überführung zum Friedhof;
- die übliche kirchliche oder konfessionslose Feierlichkeit einschließlich einer Trauermahlzeit;
- die Anschaffung und Herrichtung der Grabstätte einschließlich der ersten Bepflanzung;
- das Grabmal;
- die Trauerkleidung der nahen Angehörigen;
- unter Umständen die Exhumierung, Überführung und endgültige Bestattung;
- Reisekosten und Verdienstausfall aus Anlaß des Trauerfalls.

Eine Ausnahme sieht das Gesetz bei Verkehrsunfällen und Mord vor: In diesem Fall haftet der Verursacher auch für die Bestattungskosten. Das heißt, daß – egal ob der Tod fahrlässig oder vorsätzlich verursacht worden ist – die Haftpflicht des Verursachers für die Bestattungskosten eines Unfallopfers aufkommen muß.

Wenn der Wert eines Nachlasses allerdings nicht einmal die Kosten einer schlichten Bestattung deckt oder wenn das Erbe hauptsächlich aus Schulden oder anderen Belastungen besteht, kann man die Erbschaft ausschlagen. Jeder Erbe kann gegenüber dem Nachlaßgericht erklären, daß er die Erbschaft nicht annimmt. Diese Erklärung muß innerhalb einer Frist von sechs Wochen abgegeben werden, nachdem man erfahren hat, daß die Erbschaft anfällt.

Sind keine Erben vorhanden, so wird das Bundesland, in dem der Tod stattfand, der gesetzliche Erbe und ist für die Bestattung zuständig. Auch, wenn die Angehörigen selbst für eine Bestattung nicht genug Geld haben, greift der Staat ein. Im Anhang ist deshalb der Sonderfall der sogenannten Sozialbestattung, für die der Staat aufkommt, ausführlicher beschrieben.

- **Mit dem Tod enden alle weltlichen Angelegenheiten des Verstorbenen. Der oder die rechtmäßigen Erben treten seine Nachfolge an.**
- **Ein Testament regelt den Umgang mit dem Nachlaß. Es kann eigenhändig geschrieben sein und zuhause aufbewahrt werden. Wenn es von einem Notar geschrieben wird, wird es beim Nachlaßgericht hinterlegt.**
- **Im Todesfall muß jedes Testament beim Nachlaßgericht abgeliefert werden, wo es eröffnet wird. Dort muß man den Erbschein beantragen, ohne den man keine Nachlaßangelegenheiten regeln kann.**
- **Eine Wohnungsauflösung kann belastende Trauerarbeit sein. Man muß nicht nur den Dingen einen neuen Platz geben, sondern auch eine Reihe von Verträgen auflösen, die mit dem Haushalt zusammenhängen (siehe Anhang).**
- **Nur wenn der Verstorbene vor dem 1. 1. 1989 einer gesetzlichen Krankenkasse angehört hatte, zahlt diese ein Sterbegeld von 2100.– DM (Stand 1997) nach Vorlage von Rechnungen aus.**

- Man sollte die Abrechnung des Bestattungsunternehmens noch einmal daraufhin überprüfen, welche Posten aufgeführt sind und ob sie mit dem Auftrag übereinstimmen.
- Nach dem Gesetz (§ 1968 BGB) trägt der Erbe die Kosten der standesgemäßen Beerdigung des Erblassers.
- Heben Sie alle Belege der Bestattungskosten auf. Sie können sich möglicherweise steuermindernd auswirken.
- Man kann eine Erbschaft beim Nachlaßgericht ausschlagen. Sind keine gesetzlichen Erben vorhanden, so erbt der Staat.

Was man bei einem Todesfall bedenken muß

direkt danach

- geistlichen oder anderen Beistand herbeirufen;
- Arzt benachrichtigen (stellt Todesbescheinigung aus; im Krankenhaus oder Pflegeheim wird die Ausstellung automatisch veranlaßt);
- im Krankenhaus an eine mögliche Obduktion denken;
- Überführung nach Hause oder in eine Leichenhalle veranlassen;
- den Verstorbenen aufbahren, evtl. waschen, umkleiden und herrichten;
- den Aufbahrungsraum herrichten;
- eventuell Totenmaske abnehmen, fotografieren;

am nächsten Werktag nach Ausstellung der Todesbescheinigung

- Todesfall beim Standesamt melden und Sterbeurkunden und Bestattungsgenehmigung beantragen (bei Tod im Krankenhaus oder Heim erhält man die Sterbeurkunde von dort);

spätestens 36 (verlängert 72) Stunden nach Ausstellung der Todesbescheinigung

- Sarg aussuchen und den Verstorbenen in den Sarg betten;
- wenn noch nicht veranlaßt: für die Überführung in eine öffentliche Leichenhalle durch ein dazu zugelassenes Unternehmen sorgen;

innerhalb der ersten Tage nach dem Tod

- benachrichtigen:
  - Arbeitgeber
  - Krankenkasse
  - ggf. Lebens- und Unfallversicherungen (sie müssen »unverzüglich«, d.h. innerhalb von 48 Stunden nach dem Tod, benachrichtigt werden!);
- Bestattungsart festlegen (Erd- oder Feuerbestattung);
- Nutzungsrecht an einem Grab beim Friedhof erwerben (Ausnahme: Bestattung der Urne auf See);
- bei einer Erdbestattung: gleichzeitig Bestattungstermin festlegen;
- bei einer Feuerbestattung: Bestattung beim Krematorium anmelden;

für die Abschiedsfeier

- entscheiden, welche Art von Feier es geben soll und den Ort bestimmen, z.B.:
  - mit dem Sarg in einem Feierraum mit anschließender Erdbestattung;
  - mit der Urne und anschließender Urnenbestattung;
  - am offenen Erd- oder Urnengrab bei der Bestattung;
  - auf dem Schiff, während der Fahrt zur Seebestattung der Urne;
- Termin für die Feier festlegen und ggf. Raum zu diesem Termin reservieren; gleichzeitig Termin mit demjenigen festlegen, der die Feier leiten soll;
- ggf. die Überführung des Verstorbenen in den Feierraum zu diesem Termin veranlassen;
- ggf. Sargträger bestellen und/oder Freunde fragen;
- ggf. mit dem Friedhof verabreden, daß man das Grab selbst zuschaufeln will, und für Helfer und Schaufeln sorgen;

- Todesanzeige aufgeben, Todesbenachrichtigungen und ggf. Sterbebildchen drucken lassen und verschicken;
- mit Geistlichem, konfessionslosem Trauerredner oder Freunden die Gestaltung der Abschiedsfeier besprechen;
- Zeichen und Worte der Erinnerung für die Trauerfeier suchen;
- Musik aussuchen, Musiker bestellen oder nach Abspielmöglichkeiten fragen (Achtung: bei Kirchenräumen vorher um Erlaubnis zum Musikspielen fragen);
- ggf. Trauerkleidung aussuchen;
- Blumenschmuck und Dekoration für Feierraum und Sarg aussuchen;
- Raum in einem Restaurant für gemeinsames Beisammensein und Essen nach der Abschiedsfeier reservieren;

direkt vor der Abschiedsfeier

- falls kein Restaurant reserviert wird, evtl. zuhause Imbiß vorbereiten;
- Feierraum und Sarg ausschmücken;
- Kondolenzliste auslegen;

bei Erbschaft und Haushaltsauflösung

- vom Tod benachrichtigen:
  - Nachlaßgericht; ggf. Erbschein beantragen;
  - Geldinstitute; evtl. Abbuchungen vom Konto und Daueraufträge stornieren und Konto/Konten, Sparbücher, Bankfächer u.ä. auflösen;
  - Sachversicherungen (z.B. Haftpflicht, Hausrat, Feuer, Rechtsschutz);
  - weitere private Versicherungen;
  - Rentenversicherung/en, ggf. Witwen- oder Witwerrente beantragen;
  - Bestattungsvereine;

  - Versorgungsamt;
  - Gewerkschaft;
  - Kirche;
- abbestellen oder kündigen:
  - Mietvertrag;
  - Elektrizität;
  - Wasser;
  - Müllabfuhr;
  - ggf. Fernheizung und/oder Gas;
  - Telefon / Fax sowie Computerzugänge (Btx / Internet);
  - Zeitungen, Zeitschriften, andere Periodika;
  - Gebühreneinzugszentrale (Rundfunk / Fernsehen);
  - Postdienst; evtl. Nachsendeantrag auf die eigene Adresse stellen, damit wichtige Sendungen nicht als unzustellbar zurückgehen;
- Auto und Autoversicherung abmelden (Straßenverkehrsamt, Versicherungen, Steuer);
- beim Finanzamt vorzeitigen Lohn-/Einkommensteuerjahresausgleich für den Verstorbenen beantragen;

auf dem Friedhof

- das Grab drei bis vier Wochen nach der Beerdigung provisorisch herrichten;
- etwa ein halbes oder ein ganzes Jahr nach der Beerdigung Grabmal aussuchen / entwerfen oder entwerfen lassen und Aufstellung veranlassen;
- Grab bepflanzen oder Pflegeauftrag erteilen.

Abrechnung der Bestattungskosten

Folgende Punkte können Bestatter im allgemeinen berechnen, wenn man die entsprechenden Leistungen bestellt hat:

- Eigene Lieferungen und Leistungen:
  - Sarg mit Sargbeschlag
  - Überurne
  - Namensschilder für Sarg und Urne
  - Kleid
  - Deckengarnitur
  - Laken
  - Aufbahrung
  - Einbettung
  - Desinfektionsmittel
  - Desinfektionshandschuhe
  - Träger
  - Trägerhandschuhe
  - Diener
  - Überführung vom Sterbeort zur Leichenhalle
  - Überführung von der Leichenhalle zur Abschiedsfeier
  - Trauerbriefe / -bildchen / -kärtchen (entsprechend der bestellten Anzahl)
  - Todesanzeigen
  - Dekoration der Aufbahrung (Bäume, Kerzen)
  - Dekoration der Abschiedsfeier
  - Trauermusik
  - Besorgungen (Abrechnungen mit Kassen und Versicherungen u.a., Erledigung der Formalitäten)
- Floristen-Leistungen:
  - Blumendekoration
  - Sargschmuck
- Auslagen und Friedhofsgebühren:
  - Gebühren Leichenhalle
  - Hallengebühren Aufbahrung
  - Hallengebühren Abschiedsfeier
  - Glockenläuten

  - Nutzungsgebühren für Grabstellenerwerb oder -verlängerung
  - Gebühren für Friedhofsunterhaltung und Gruftgraben
  - Grabausgrünen (wenn die Erdgruft mit Tannenzweigen ausgelegt wird, damit man die bloße Erde nicht sieht)
- Nur bei einer Feuerbestattung: Gebühren für
  - Einäscherung
  - Amtsarzt
  - Gesundheitsamt
  - Ordnungsamt
- Weitere Leistungen für fremde Rechnung:
  - Gebühren für Sterbeurkunden
  - Kosten für Grabmalsetzung oder Nachschrift auf vorhandenem Grabstein

Sozialbestattung

Genaugenommen gibt es keine Sozialbestattung, sondern nur verschiedene gesetzliche Vorschriften, die die Bestattungspflicht und die Frage regeln, wer die Kosten für eine Bestattung zu übernehmen hat. Sie stehen in den jeweiligen Friedhofs- und Bestattungsgesetzen der Länder und im Bürgerlichen Gesetzbuch. Außerdem gibt es das Sozialhilfegesetz, das die Ansprüche auf Unterstützung durch den Staat regelt, und die Vorschriften im Ordnungs- und Vollstreckungsrecht. Darin ist geregelt, was zu tun ist, wenn es niemanden gibt, der verpflichtet ist, die Bestattung eines Verstorbenen zu veranlassen.

Bestattungspflicht
Die Bestattungspflicht der Angehörigen ist schon erwähnt worden. Nur wenn sich keine Angehörigen finden oder wenn sie nicht rechtzeitig am Ort sein können, hat die Ordnungsbehörde des Sterbeortes oder des Auffindungsortes die Bestattung zu veranlassen. In einigen

Bundesländern sind außerdem noch die Leiter von öffentlichen Einrichtungen des Gesundheits- und Sozialwesens bestattungspflichtig.

Kostentragungspflicht

In erster Linie trägt der Erbe die Kosten der standesgemäßen Bestattung des Erblassers. Welche Kosten im allgemeinen unter eine standesgemäße Bestattung fallen, ist schon oben (S.149) aufgezählt. Meistens haftet der überlebende Ehegatte schon als Erbe für die Bestattungskosten. Wenn keine Erbschaft da ist, kann er oder sie aber auch aufgrund unterhaltsrechtlicher Vorschriften für die Bestattungskosten herangezogen werden. Diese Haftung hört allerdings dann auf, wenn die Kosten für den hinterbliebenen Ehepartner so hoch sind, daß ihre Bezahlung den eigenen Lebensunterhalt gefährden würde.

Wenn ein anderer Erbe als der Ehepartner vorhanden ist, so muß dieser dem letzteren die Bestattungskosten erstatten. Wenn weder Erben noch der unterhaltspflichtige Ehegatte die Kosten tragen können, so haften als nächstes die unterhaltspflichtigen Verwandten.

Das heißt kurzgefaßt, für die Kosten der Bestattung müssen in erster Linie der oder die Erben, in zweiter Linie der unterhaltspflichtige Ehepartner, in dritter Linie unterhaltspflichtige Verwandte aufkommen. Erben müssen selbst dann die Bestattungskosten übernehmen, wenn vom Nachlaß hinterher nichts mehr übrig bleibt.

Kostenübernahme durch die Sozialbehörde

Wenn kein naher Angehöriger oder Verwandter aus diesem Personenkreis in der Lage ist, eine standesgemäße Bestattung zu finanzieren, kann man beim Sozialamt die Übernahme der Bestattungskosten beantragen. Dort wird geprüft, ob der Bestattungspflichtige einen Anspruch nach § 15 des Bundessozialhilfegesetzes hat, der lautet:

> *»Die erforderlichen Kosten einer Bestattung sind zu übernehmen, soweit dem hierzu Verpflichteten nicht zugemutet werden kann, die Kosten zu tragen.«*

Es geht dabei also nicht darum, ob der Verstorbene Sozialhilfeempfänger war, sondern um das, was dem Bestattungspflichtigen zugemutet werden kann.

Dabei handelt es sich nicht um Hilfe zum Lebensunterhalt, die im § 11 des Bundessozialhilfegesetzes geregelt ist und erst dann geleistet wird, wenn der Betroffene auch bei vollem Einsatz aller eigenen Mittel nicht in der Lage ist, ohne die Leistungen der Sozialhilfe auszukommen; vielmehr muß jeweils der Einzelfall gewürdigt werden.

Das heißt: als Orientierungsmaßstab müssen die Höhe des Nachlasses und des voraussichtlichen Bestattungsaufwandes und außerdem die persönlichen und wirtschaftlichen Verhältnisse des Verpflichteten und die etwaigen engen persönlichen Bindungen zum Verstorbenen dienen. Dabei kann berücksichtigt werden, ob das Einkommen des Kostenpflichtigen unter der Höchstgrenze liegt, die nach §§ 79ff BSHG für die Hilfe in besonderen Lebenslagen gilt.

Wenn die Sozialbehörde die Übernahme der Bestattungskosten verweigert, kann man gegen diese Entscheidung vor dem Verwaltungsgericht klagen. Das gilt auch, wenn die Bestattung schon finanziert worden ist.

Was bezahlt das Sozialamt?

Achtung: das Sozialamt übernimmt nur die »erforderlichen« Kosten und damit nicht die oben genannten »standesgemäßen«, die nach dem Bürgerlichen Gesetzbuch einem Erblasser zustehen. In der Sozialhilfe gelten also andere Maßstäbe als bei einer Bestattung, die durch die Erben finanziert wird. Wenn eine Bestattung vom Sozialamt übernommen wird, darf man im allgemeinen selbst nichts dazubezahlen, um sie zu verschönern.

Erforderlich ist eine Bestattung, bei der das Gebot der Menschenwürde – nach Artikel 1, Absatz 1 des Grundgesetzes der Bundesrepublik Deutschland – beachtet wird. Deshalb ist für die Wahl der Bestattungsart auch bei der Kostenübernahme durch das Sozialamt nur der Wille des Verstorbenen maßgeblich. Ist dieser nicht bekannt, gilt sein mutmaßlicher Wille. Gibt es auch dafür keine Anhaltspunkte, entscheidet der Ehepartner bzw. die übrigen Verwandten. Das

Sozialamt kann nicht bestimmen, daß der Verstorbene feuerbestattet und/oder in einem anonymen Grabfeld beigesetzt werden muß.

Folgende Kosten übernimmt das Sozialamt: die Ausgaben für den Sarg, das Einkleiden und Einsargen, den Leichenwagen und die Leichenhalle, die Verständigung der nächsten Angehörigen, die Einäscherung und eine Urne in einfacher Ausführung, die Sargträger, die Beisetzung, ein Reihengrab, den ortsüblichen Grabschmuck für die Bestattung. Darunter sind nur die Kosten zu verstehen, die bei der gärtnerischen Erstanlage des Grabes entstehen. Sie sind oft schon in den allgemeinen Grabkosten der Friedhöfe enthalten.

Nicht erstattet werden im allgemeinen Kosten, die durch eine weltliche oder kirchliche Trauerfeier, Todesanzeigen, Danksagungen, Leichenschmaus und Grabpflege entstehen. Im übrigen entstehen keine Kosten, wenn ein Geistlicher eine Trauerfeier am Grab eines getauften Christen hält, da er von seiner Kirche besoldet wird. (Der Geistliche kann seine Arbeit aber in Rechnung stellen, wenn er die Trauerfeier für jemanden hält, der aus der Kirche ausgetreten ist!)

Strittig ist die Frage, ob auch die Aufwendungen für ein Grabmal zu den erforderlichen Kosten gehören. Hier gelten die jeweiligen friedhofsrechtlichen Mindestanforderungen für die Ausgestaltung von Reihengräbern. Wenn in der Friedhofssatzung Grabsteine, Grabplatten oder Grabeinfassungen vorgeschrieben sind, muß das Sozialamt die dafür erforderlichen Kosten übernehmen.

Trauerkleidung wird nur dann – und möglicherweise nur anteilsmäßig – übernommen, wenn der Verstorbene ein naher Angehöriger (Elternteil, Kind, Ehepartner) war und der Antragsteller selbst Hilfe zum Lebensunterhalt bezieht.

Eine Überführung ins Ausland – also zum Beispiel in das Heimatland eines Verstorbenen, der dort nach seinem religiösen Brauchtum bestattet werden soll – wird nicht als erforderlich anerkannt, sofern eine solche Bestattung auch im Bundesgebiet üblich und möglich ist.

Weitere Informationen finden sich in der Broschüre »Die Sozialbestattung«, auf der diese Zusammenfassung beruht.

Das Abnehmen einer Totenmaske

Man braucht:

- Stirnband oder Mullbinde zum Zurückbinden der Haare;
- Fettcreme (z.B. Nivea);
- Gipsbinden (aus der Apotheke oder einem Orthopädiefachgeschäft [Plastrona]);
- Gips.

Falls man die Gesichtsmaske von einem lebenden Menschen abnehmen will, muß man zwei Strohhalme oder Papierröllchen in die Nasenöffnungen stecken, damit er oder sie atmen kann.

Vorgehen:

- Haare zurückbinden;
- Gesicht großzügig eincremen, besonders Brauen, Wimpern und Bart;
- Gipsbinden in kleine Stücke (5–10 cm) zerschneiden;
- Gipsbinden stückchenweise in lauwarmes Wasser tauchen (ca. 20 Sekunden) und flach auf das Gesicht auflegen; zuerst auf die größeren Flächen wie Wangen und Stirn; Nasenlöcher auf jeden Fall offen lassen; neue Gipsbindenstückchen jeweils mit den aufliegenden sanft verstreichen, zwei bis drei Lagen übereinanderlegen;
- nach der Abdeckung ca. 10 Minuten warten, dann die Maske von den Rändern her vorsichtig ablösen;
- vor hellem Licht überprüfen, ob die Maske weitere durchlässige Stellen außer den Nasenlöchern hat; über solche Löcher von außen weiteres Bindenstückchen legen;
- Gesicht mit Wattebäuschen von der Creme befreien und mit Wasser abwaschen;
- Maske trocknen lassen und danach innen einfetten;
- Maske stabil in die Waagerechte legen (z.B. auf ein Kissen);
- Gips anrühren, so daß die Masse sämig wie Joghurt wird, und damit die Maske bis zum Rand hin ausgießen;
- leicht gegen die Maske klopfen, damit sich Luftblasen lösen können;

- eventuell den angetrockneten Gips nach ca. einer halben Stunde von hinten leicht aushöhlen (Achtung: die Wandstärke der Maske sollte nicht unter 2 cm liegen);
- zwei bis drei Tage lang trocken lassen, dann mit scharfem Messer oder Rasierklinge die Gipsmaske vorsichtig einschneiden und in Stücken abheben.

(nach Tausch-Flammer / Bickel, Wenn ein Mensch gestorben ist, S. 105)

Sprüche und Verse

Tod / Vergänglichkeit

Ein gutes Herz hat aufgehört zu schlagen.

Ein erfülltes Leben hat sich vollendet.

Nur wer vergessen wird, ist tot.
Du lebst!

Der Tod ist die Mitte beider Leben.

Wenn die Kraft zu Ende geht, ist Erlösung Gnade.

Unser Herz will dich halten
Unsere Liebe dich umfangen
Unser Verstand muß dich gehen lassen
Denn deine Kraft war zu Ende
Und deine Erlösung eine Gnade

Ein ewiges Rätsel ist das Leben –
und ein Geheimnis bleibt der Tod.

Der Tod ist ihm zum Schlaf geworden,
aus dem er zu einem neuen Leben erwachen wird.

Bedenke stets, daß alles vergänglich ist;
dann wirst du im Glück nicht so friedlich
und im Leid nicht so traurig sein.
Sokrates

Der Tod ist groß.
Wir sind die Seinen
Lachenden Munds.
Wenn wir uns mitten im Leben meinen
Wagt er zu weinen
Mitten in uns.
Rainer Maria Rilke

O Herr, gib jedem seinen eignen Tod.
Das Sterben, das aus jenem Leben geht,
darin er Liebe hatte, Sinn und Not.
Rainer Maria Rilke

Gib deine Hand, du schön und zart Gebild,
Bin Freund und komme nicht zu strafen.
Sei guten Muts! Ich bin nicht wild,
Sollst sanft in meinen Armen schlafen.
Matthias Claudius (Der Tod und das Mädchen)

Wir sind vom gleichen Stoff,
aus dem die Träume sind,
und unser kurzes Leben ist eingebettet
in einen langen Schlaf.
William Shakespeare

Der Gedanke an die Veränderlichkeit aller irdischen Dinge
ist ein Quell unendlichen Leids
und ein Quell unendlichen Trostes.
Marie von Ebner-Eschenbach

... und ihr werdet hören,
durch den Schlaf hindurch
werdet ihr hören,
wie im Tode
das Leben beginnt.
Nelly Sachs

Alles Wachsen ist ein Sterben,
jedes Werden ein Vergehen.
Alles Lassen ein Erleben,
jeder Tod ein Auferstehen.
Rabindranath Tagore

Tote bleiben bei uns / Spuren / Erinnerung

Von der Erde gegangen, im Herzen geblieben.

Du bist von uns gegangen,
aber nicht aus unserem Herzen.

Wenn du an mich denkst, erinnere dich an die Stunde,
in welcher du mich am liebsten hattest.
Rainer Maria Rilke

Eine glückliche Erinnerung ist vielleicht auf Erden wahrer
als das Glück.
A. de Musset

Wer im Gedächtnis seiner Lieben lebt,
der ist nicht tot, der ist nur fern;
tot ist nur, wer vergessen wird.
Immanuel Kant

Die Erinnerung ist das einzige Paradies,
aus dem wir nicht vertrieben werden können.
Dietrich Bonhoeffer

Du bist ins Leere entschwunden,
aber im Blau des Himmels
hast du eine unfaßbare Spur zurückgelassen,
im Wehen des Windes unter Schatten
ein unsichtbares Bild.
Rabindranath Tagore

Hoffnung auf ein Wiedersehen

Nicht verloren, nur vorangegangen.
Michelangelo

Ich bin nicht von euch gegangen,
sondern nur voraus.

Trennung ist unser Los,
Wiedersehen unsere Hoffnung.

Wenn die Hoffnung vergebens war,
bleibt der Glaube an ein Wiedersehen.

Und alles Getrennte findet sich wieder.
Friedrich Hölderlin

Ganz weit draußen, am Ende des Regenbogens,
werden wir uns wiedersehen.

Ihr seid jetzt traurig,
aber ich werde euch wiedersehen.
Dann wird euer Herz sich freuen,
und eure Freude wird euch niemand nehmen.
Johannes 16,22

Wir werden uns wiedersehen
und unser Herz wird sich freuen
und unsere Freude wird ewig dauern.

Auf dem Grab liegen Blumen
Auf dem Herzen liegt die Trauer
Im Glauben ruht die Hoffnung
und in der Hoffnung ruht neues Leben.

Trennung kann man Tod wohl nennen,
denn wer weiß, wohin wir gehen.
Tod ist nur ein kurzes Trennen
auf ein ew'ges Wiedersehen.
Joseph von Eichendorff

Liebe

Geliebt und unvergessen

Die Liebe hört niemals auf.
1 Korinther 13,8

Der Herr gibt's,
der Herr nimmt's;
was bleibt, ist die Liebe.

Die Liebe hemmet nichts; sie kennt nicht Tür noch Riegel,
Und dringt durch alles sich;
Sie ist ohn Anbeginn, schlug ewig ihre Flügel,
Und schlägt sie ewiglich.
Matthias Claudius

Da ist ein Land der Lebenden und ein Land der Toten,
und die Brücke zwischen ihnen ist die Liebe,
das einzig Bleibende, der einzige Sinn.
Thornton Wilder

Das einzig Wichtige im Leben
sind die Spuren von Liebe,
die wir hinterlassen,
wenn wir ungefragt weggehen
und Abschied nehmen müssen.
Albert Schweitzer

Glücklich ist der Mensch,
der den Zusammenhang mit allem Lebendigen fühlt
und deshalb die Menschen und das Leben liebt.
Albert Schweitzer

Größeres wolltest auch du.
Aber die Liebe zwingt all uns nieder.
Das Leid beuget gewaltiger.
Doch es kehrt nicht umsonst
unsern Bogen, woher er kommt.
Friedrich Hölderlin

Eines Menschen Heimat ist auf keiner Landkarte zu finden,
nur in den Herzen der Menschen, die ihn lieben.

Wenn durch einen Menschen ein wenig mehr Liebe und Güte,
ein wenig mehr Licht und Wahrheit in der Welt war,
hat sein Leben einen Sinn gehabt.

Ewiges Leben / Friede und Licht

Wir haben keine bleibende Statt,
sondern die künftige suchen wir.
Hebräer 13,14

Er ist nun frei,
und unsere Tränen
wünschen ihm Glück.
J. W. v. Goethe

Ihr, die ihr mich so geliebt habt, seht nicht auf das Leben,
das ich beendet habe, sondern auf das, welches ich beginne.
Augustinus

Und meine Seele spannte weit ihre Flügel aus,
flog durch die stillen Lande, als flöge sie nach Haus.
Joseph von Eichendorff

Wenn die Seele das Eine findet,
in dem alles eins ist,
bleibt sie in dem Einen.
Meister Eckhart

Geleite mich, du liebes Licht,
du stütze meinen Tritt –
das ferne Land zu schauen, begehr' ich nicht –
für mich genügt ein Schritt.
J. W. v. Goethe

Geliebte, wenn mein Geist geschieden,
So weint mir keine Träne nach;
Denn, wo ich weile, da ist Frieden,
Dort leuchtet mir ein ew'ger Tag!
Annette von Droste-Hülshoff

Und darum
Weil ich frei im höchsten Sinne
Weil ich anfangslos mich fühle
Darum weiß ich
Daß ich endlos
Daß ich unzerstörbar bin.
Friedrich Hölderlin

Des Todes rührendes Bild steht
nicht als Schrecken dem Weisen,
und nicht als Ende dem Frommen.
Jenen drängt es ins Leben zurück und lehret ihn handeln;
diesem stärkt es zu künftigem Heil in Trübsal die Hoffnung;
beiden wird zum Leben der Tod.
J. W. v. Goethe

Vor Gott und Christus

Man ist das, was man vor Gott ist;
nicht mehr und nicht weniger.
Johannes Maria Vianney

Wir erwarten die Auferstehung der Toten
und das Leben der kommenden Welt.
aus dem Glaubensbekenntnis

Auferstehen ist unser Glaube,
Wiedersehen unsere Hoffnung,
Gedenken unsere Liebe.

Der Glaube gibt uns die Kraft, tapfer zu tragen,
was wir nicht ändern können.
Martin Luther King

Weil Gott weiß, was morgen ist,
brauchen wir heute keine Angst zu haben.

Ich gehe zum Vater.
Johannes 16,17

Herr, Dein Wille geschehe.

Gott sprach Amen.

Ich weiß, daß mein Erlöser lebt.
Hiob 19,25

Kommt zu mir alle, die ihr mühselig und beladen seid,
ich will euch erquicken.
Matthäus 11,28

Ich lebe, und ihr sollt auch leben.
Johannes 14,19

Wer an mich glaubt, wird leben, auch wenn er stirbt.
Johannes 11,25

Christus ist mein Leben, Sterben ist mein Gewinn.
Philipper 1,21

Ich bin bei euch alle Tage bis zur Vollendung der Welt.
Matthäus 28,20

Im Hause meines Vaters sind viele Wohnungen.
Johannes 14,2

Ruhelos ist unser Herz, bis es ruht in Dir.
Augustinus

Du zwingst mich, Herr, zu einer fremden Stunde.
Rainer Maria Rilke

Der mich jetzt trägt, steigt wie ein Wasserstand über das Alles.
Rainer Maria Rilke

Gott hat versprochen:
Ich lasse dich nicht fallen
und verlasse dich nicht.
Hebräer 13,5

Wir alle fallen. Diese Hand da fällt,
und sieh dir andre an: es ist in allen.
Und doch ist einer, welcher dieses Fallen
unendlich sanft in seinen Händen hält.
Rainer Maria Rilke

Und wenn ich falle, so falle ich doch nur
in die geöffnete Hand meines Heilandes.

Meine Kräfte sind zu Ende;
nimm mich, Herr, in deine Hände.

Bin aus deinem Mosaik ein Stein,
wirst mich an die rechte Stelle legen;
deinen Händen bette ich mich ein.
Edith Stein

Herr, dir in die Hände
sei Anfang und Ende,
sei alles gelegt.
Eduard Mörike

Ich aber, Herr, hoffe auf dich
und spreche: Du bist mein Gott,
meine Zeit steht in deinen Händen.
Psalm 31

Die Zeit, Gott zu suchen, ist das Leben.
Die Zeit, Gott zu finden, ist der Tod.
Die Zeit, Gott zu schauen, ist die Ewigkeit.

Du führst mich hinaus ins Weite.
Psalm 17,20

Ich weiß nicht, wohin Gott mich führt,
aber ich weiß, daß er mich führt.

Gott sei mit dir auf dem Weg,
und sein Engel geleite dich!
Tobit 5,23

Der Herr tue ihm/ihr das Tor zum Paradies auf,
zur Heimkehr in das Land, wo kein Tod ist, nur die ewige Freude.

Was kein Auge gesehen und kein Ohr gehört hat,
was keinem Menschen in den Sinn gekommen ist,
das hat Gott denen bereitet, die ihn lieben.
1 Korinther 3,9

Lobe den Herrn, meine Seele,
und vergiß nicht, was er dir Gutes getan hat.
Psalm 103 (102)

Freut euch, daß eure Namen im Himmel geschrieben sind.
Lukas 10,20

Fürchte dich nicht,
denn ich habe dich erlöst.
Ich habe dich bei deinem Namen gerufen,
du bist mein.
Jesaja 43,1

Und Jesus sah ihn an
und liebte ihn.
Markus 10,21

Kein Mensch fand Heilung mehr für mich,
doch Jesus sprach: Ich heile dich.

Jesus lebt, mit ihm auch ich!
Tod, wo sind nun deine Schrecken?
Er, er lebt und wird auch mich
von den Toten auferwecken.
Christian Fürchtegott Gellert

Unser Wissen geht mit uns zu Grabe,
unser Glaube geht mit uns zur Herrlichkeit.

Das Ewige ist stille, laut die Vergänglichkeit.
Schweigend geht Gottes Wille über den Erdenstreit.
Wilhelm Raabe

Du hast ihn uns gegeben, o Herr,
und er war unser Glück;
Du hast ihn zurückgefordert,
und wir geben ihn Dir ohne Murren,
aber mit dem Herz voll Wehmut.
Hieronymus

Der Herr ist mein Hirte,
mir wird nichts mangeln.
Muß ich auch wandern in finsterer Schlucht,
ich fürchte kein Unheil,
denn du bist bei mir.
Psalm 23

Als ob es die Toten gäbe!
Herr, es gibt keine Toten,
es gibt nur Lebende.
Auf unserer Erde und im Jenseits.
Aber es ist nur ein Moment.
Ein Augenblick, eine Sekunde, ein Schritt.
Der Schritt vom Vorläufigen ins Endgültige.
Der Schritt vom Zeitlichen ins Ewige.
Michel Quoist

Wär' nicht das Auge sonnenhaft,
die Sonne könnt' es nie erblicken.
Läg' nicht in uns des Gottes eigne Kraft,
wie könnt' uns Göttliches entzücken.
J. W. v. Goethe

Über der Vielfalt der Zeit
steht ein ewiger Gott,
dessen Weisheit uns führt,
dessen Stärke uns schützt,
dessen Liebe uns erhält.
Martin Luther King

Gott wird alle Tränen von ihren Augen abwischen.
Der Tod wird nicht mehr sein,
keine Trauer, keine Klage, keine Mühsal.
Denn was früher war, ist vergangen.
Offenbarung 21,4

Der Mensch lebt und bestehet
nur eine kurze Zeit;
und alle Welt vergehet
mit ihrer Herrlichkeit.
Es ist nur Einer ewig
und an allen Enden,
und wir in seinen Händen.
Matthias Claudius

Und wenn der letzte Tag wird mit mir Abend machen,
so reiß mich aus dem Tal der Finsternis zu dir.
Andreas Gryphius

Bleibe bei uns Herr, denn es will Abend werden,
und der Tag hat sich geneigt.

Bleibe bei uns und bei allen Menschen.
Bleibe bei uns am Abend des Tages,
am Abend des Lebens, am Abend der Welt.

Nun ist es Abend, nun ist es genug.
Nun birg mich, Herr, in deine Hände.

Es war so schwer, als ich mich selber trug.
Nun trägst du mich, in Liebe, ohne Ende.

Wenn meine Kräfte brechen,
mein Atem geht schwer aus,
und kann kein Wort mehr sprechen,
Herr, nimm mein Seufzen auf.

Leben / Lebensweg / Lebenskampf / Ausruhen

Ich hab den Berg erstiegen, der euch noch Mühe macht.
Drum weinet nicht, ihr Lieben, ich hab' mein Werk vollbracht.

Du kannst dein Leben nicht verlängern, nur vertiefen.

Wir gingen einen langen Weg gemeinsam,
aber er war doch zu kurz.

Er aber zog seine Straße fröhlich.
Apostelgeschichte 8,39

Das Leben ist eine Reise, die heimwärts führt.

O Leben, wie bist du schnelle,
o Leben, wie bist du schön!
Joseph von Eichendorff

Ich habe einen langen Tag hinter mir.
Ich habe gekämpft, und ich habe nicht verloren.
Ich habe gekämpft, und ich habe nicht gesiegt.
Jetzt möchte ich ausruhen in deinen Armen.

Wer so gewirkt wie du im Leben,
wer so erfüllte seine Pflicht
und stets sein Bestes hat gegeben,
der stirbt auch selbst im Tode nicht.

Wer den Besten seiner Zeit genug getan, der hat gelebt für alle Zeiten.
Schiller

Nicht das Freuen, nicht das Leiden
stellt den Wert des Lebens dar.
Immer nur wird das entscheiden,
was der Mensch dem Menschen war.

Auch das stolzeste Werk, ins Leben gestellt, ist vergänglich;
was man im Herzen gebaut, reißt keine Ewigkeit um.
Theodor Körner

Mach, daß er seine Kindheit wieder weiß;
das Unbewußte und das Wunderbare
und seiner ahnungsvollen Anfangsjahre
unendlich dunkelreichen Sagenkreis.
Rainer Maria Rilke

Ende und Neubeginn / hier und dort

Die Mitte der Nacht ist der Anfang des Tages.

Eben deshalb, weil dieses nicht jenes ist,
ist es möglich, eine Brücke zu schlagen
zwischen diesem und jenem.
Octavio Paz

Im Nebel ruhet noch die Welt,
Noch träumen Wald und Wiesen;
Bald siehst du, wenn der Schleier fällt,
Den blauen Himmel unverstellt,
Herbstkräftig die gedämpfte Welt
Im warmen Golde fließen.

Eduard Mörike

Abschied und Trauer

Wir trauern, daß wir sie/ihn verloren haben.
Aber wir sind dankbar, daß sie/er bei uns war.

Nicht traurig sein, daß sie/er gegangen,
sondern dankbar, daß sie/er bei uns war.

Leuchtende Tage –
nicht weinen, wenn sie vorüber,
lächeln, daß sie gewesen.

Obwohl wir Dir die Ruhe gönnen,
ist voller Trauer unser Herz.
Dich leiden sehen und nicht helfen können
war für uns der größte Schmerz.

Unsere Toten sind nicht abwesend, sondern nur unsichtbar.
Sie schauen mit ihren Augen voller Licht in unsere Augen voller Trauer.

Augustinus

Meine Harfe ist eine Klage geworden
und meine Flöte ein Weinen.

Hiob 30

Keiner wird gefragt, wann es ihm recht ist,
Abschied zu nehmen von Menschen, Gewohnheiten, sich selbst.
Irgendwann plötzlich heißt es, damit umzugehen,
ihn auszuhalten, anzunehmen, diesen Schmerz des Sterbens,
dieses Zusammenbrechen, um neu aufzubrechen.

Irgendwo blüht die Blume des Abschieds
und streut immerfort Blumenstaub,
den wir atmen, herüber;
auch noch im kommendsten Winter
atmen wir Abschied.
Rainer Maria Rilke

Verschiedenes

Denn selig sind, die niemals sich entfernten
und still im Regen standen ohne Dach;
zu ihnen werden kommen alle Ernten,
und ihre Frucht wird voll sein tausendfach.
Rainer Maria Rilke

... Einmal lebt' ich wie die Götter
und mehr bedarf es nicht.
Friedrich Hölderlin

Was vergangen,
kehrt nicht wieder;
ging es aber leuchtend nieder,
leuchtet's lange noch zurück.
J. W. v. Goethe

Ich weiß nicht, ob es besser wird, wenn es anders wird.
Aber soviel ist gewiß:
daß es anders werden muß, wenn es gut werden soll.
G. Chr. Lichtenberg

Wohin gehen wir?
Immer nach Hause.
Novalis

Wohl dem Menschen,
wenn er gelernt hat zu ertragen,
was er nicht ändern kann
und preiszugeben in Würde,
was er nicht retten kann.
Schiller

Texte zum Lesen und Vorlesen

Aus der Bibel

Vater unser im Himmel,
Geheiligt werde dein Name.
Dein Reich komme.
Dein Wille geschehe,
wie im Himmel so auf Erden.
Unser tägliches Brot gib uns heute.
Und vergib uns unsere Schuld,
wie auch wir vergeben unsern Schuldigern.
Und führe uns nicht in Versuchung,
sondern erlöse uns von dem Bösen.
Denn dein ist das Reich und die Kraft
und die Herrlichkeit in Ewigkeit. Amen.

Aus der Tiefe, Herr, ruf' ich zu dir:
höre, o Herr, meine Stimme!
Möge achten dein Ohr
auf mein flehendes Rufen!
Wolltest du, Herr, der Sünde immer gedenken,
Herr, wer könnte bestehen?
Doch bei dir ist Vergebung der Sünden,
auf daß man dich fürchte.
Ich hoffe auf den Herrn, es hofft meine Seele,
ich erhoffe sein Wort.
Meine Seele wartet auf den Herrn
mehr als der Wächter auf das Morgenrot.
Ja, mehr als der Wächter auf das Morgenrot
warte Israel auf den Herrn!
Denn beim Herrn ist Erbarmen,
bei ihm ist reiche Erlösung.
Er selber wird Israel erlösen
von allen seinen Sünden.

Psalm 130 (129)

Der Herr ist barmherzig und gnädig,
zögernd im Zorn und reich an Erbarmen.
Denn so hoch der Himmel über der Erde,
so groß ist seine Barmherzigkeit gegen die Frommen.
So weit der Aufgang vom Niedergang,
so weit entfernt er von uns die Schuld.
Gleichwie ein Vater sich erbarmet der Kinder,
so erbarmt sich der Herr über alle, die ihn fürchten.
Weiß er doch, welch ein Gebilde wir sind;
er weiß, wir entstammen dem Staub.
Des Menschen Tage gleichen dem Gras,
er blüht wie die Blume des Feldes.
Ein Hauch des Windes, schon ist sie dahin;
und der Ort, wo sie stand, hat sie vergessen.
Doch immer und ewig ist mit den Frommen die Gnade des Herrn,
mit den Kindern ihrer Kinder seine Gerechtigkeit.

aus Psalm 103 (102)

Über den Tod

Die Macht des Todes

... Durch Gold und Silber wird die Wahrheit verlockt, die Unbescholtenheit bezwungen, die Gerechtigkeit besiegt, die Unschuld verraten, die Treu verletzt. O, was Respekt genießt nicht das Geld und die Reichen! Ohne allen Zweifel wird auch solcher nicht mangeln beim Tod.

Ich, antwortet der Tod, dieser beinige, wohl recht verbeinte Gesell, ich weiß um keinen Respekt, ich rühr kein Geld an, arm und reich gilt mir gleich, auch ist bei mir holdselig und gottselig nicht ein Ding, es mag das gelbe Metall gelten viel überall, so gilt es doch bei mir nichts.

Abraham a Santa Clara

Sterben ist gewiß

O Mensch, laß dir's gesagt sein, laß dir's geklagt sein, schrei es aus und schreib es aus, allen alles, allenthalben, es muß gestorben sein, nicht vielleicht, sondern gewiß. Wann sterben, ist nicht gewiß, wo sterben, ist nicht gewiß ... auf das Leben folgt der Tod, Sterben ist gewiß.

Abraham a Santa Clara

Der Umkehrende

Es wandelt, was wir schauen,
Tag sinkt ins Morgenrot,
Die Lust hat eigenes Grauen,
Und alles hat den Tod.
    Ins Leben schleicht das Leiden
Sich heimlich wie ein Dieb,
Wir müssen alle scheiden
Von allem, was uns lieb.
    Was gäb es doch auf Erden,
Wer hielt' den Jammer aus,
Wer möcht geboren werden,
Hieltst Du nicht droben Haus!
    Du bist's, der, was wir bauen,
Mild über uns zerbricht,
Daß wir den Himmel schauen –
Darum, so klag ich nicht.

Joseph von Eichendorff

Der Tod ist kein Übel

... Da es nach dem Tod kein Übel gibt, ist auch der Tod kein Übel, denn an ihn schließt die Zeit nach dem Tode unmittelbar an, und in ihr liegt nach deinem Zugeständnis kein Übel. Folglich ist auch das

Sterbenmüssen kein Übel; denn dies bedeutet nur, daß man zu dem hingelangen muß, was, wie wir uns verständigt haben, kein Übel ist.
Marcus Tullius Cicero

Über das Leben

Was einer ist

Was einer ist, was einer war,
Beim Scheiden wird es offenbar.
Wir hören's nicht, wenn Gottes Weise summt.
Wir schaudern erst, wenn sie verstummt.
Hans Carossa

Das Leben geht mit Aufschieben dahin

Wir sind ein einziges Mal geboren. Zweimal geboren zu werden ist nicht möglich. Die ganze Ewigkeit hindurch werden wir nicht mehr sein. Du aber bist nicht Herr des morgigen Tages und verschiebst immerzu das Erfreuende. Das Leben geht mit Aufschieben dahin, und jeder von uns stirbt, ohne Muße gefunden zu haben.
Epikur

Ein Hauch des Allmächtigen

Das Verschwinden eines Menschen von der Erde ist schauerlich, und wenige werden, wenn sie an einem offenen Grabe stehen, diesen Schauer nicht fühlen, sich nicht sagen: Siehe, so sieht auch die Türe aus, durch die du mußt zum andern Leben; so sieht dein Grab auch aus; aber wie wird dein und aller Erwachen sein? Wo die Liebe recht lebendig ist, da verzehrt sie alle Gedanken; nur der Schmerz des Missens, das Sehnen nach Wiedersehen fluten durch die erregte Seele.

Da wird uns klar, daß wir selbst ein Geheimnis sind im Werden und im Sterben, ein Geheimnis, welches kein Sterblicher offenbart; da begreifen wir, daß wir wandeln müssen im Glauben, nicht im Schauen, daß wir nichts sind als ein Hauch des Allmächtigen, aber ein wunderbarer, der kommt und schwindet nach seinem Wohlgefallen.
Jeremias Gotthelf

Den Tod bedenken

... Da der Tod (genau zu nehmen) der wahre Endzweck unseres Lebens ist, so habe ich mich seit ein paar Jahren mit diesem wahren, besten Freunde des Menschen so bekannt gemacht, daß sein Bild nicht allein nichts Schreckendes mehr für mich hat, sondern recht viel Beruhigendes und Tröstendes! Und ich danke meinem Gott, daß er mir das Glück gegönnt hat, mir die Gelegenheit ... zu verschaffen, ihn als den Schlüssel zu unserer wahren Glückseligkeit kennenzulernen. Ich lege mich nie zu Bette, ohne zu bedenken, daß ich vielleicht (so jung als ich bin) den andern Tag nicht mehr sein werde – und es wird doch kein Mensch von allen, die mich kennen, sagen können, daß ich im Umgang mürrisch oder traurig wäre. Und für diese Glückseligkeit danke ich alle Tage meinem Schöpfer und wünsche sie von Herzen jedem meiner Mitmenschen ...
Wolfgang Amadeus Mozart

... Die wahre Weisheit besteht daher im Gedanken an den Tod, und nur der darf ein wahrer Weiser heißen, der stets eingedenk ist, daß er sterben muß und das Endziel des menschlichen Lebens nicht hier auf Erden ist. Er ordnet daher seine Angelegenheiten so, daß er, mag der Tod kommen, wann er will, immer zu einem glückseligen Sterben gerüstet ist, um das ihm bestimmte letzte Ziel zu erreichen. Der Spruch Platos, die wahre Philosophie und die wahre Weisheit beruhe im Gedanken an den Tod, war also ganz richtig.
Girolamo Savonarola

Der Tod

Das Warten auf den Tod mein Herze nicht betrübet
Dieweil ich oftmals schon das Sterben hab geübet.
Des Lebens erste Zeit, wie lange ist es her,
Vergangen ist und tot, sie ist ja nun nicht mehr.
Das Kind verschwunden ist, der Jüngling ist's desgleichen.
Der Mann macht sich bereit, dem Greis endlich zu weichen.
Die Jahre, die ich glaub zu haben, sind davon.
Der Tag, der gestern war, ist heut begraben schon.
Die grad verstrich'ne Stund und all die and'ren Stunden
Vergangen sind und tot, für allezeit entschwunden.
Des Lebens ersten Teil hat mir der Schlaf entführt
Und lauert auf den Teil, der nun noch kommen wird.
Wir sterben immerfort; der Schluß in dem Elende
Kein Tod ist – nur das End' des Sterbens ohne Ende.

Jacobus Revius

Unsterblichkeit und Jenseits

Über die Unsterblichkeit der Seele

... Der Tod wird zwar als Knochenmann gemalt, aber er ist eigentlich kein Mann; sondern was wir Tod und Sterben in der Natur nennen, ist ein Effekt, eine Erscheinung, die an dem Dinge, das stirbt, durch andere Naturkräfte hervorgebracht wird. So weit also der Mensch der Natur angehört, kann er freilich durch die Kräfte der Natur sterben, und sie läßt sich auch ihr Recht nicht nehmen. Aber es ist etwas anderes im Menschen, wie sollte das durch die Kräfte der Natur sterben können? Es ist ja über die Natur und etwas anderes.

Matthias Claudius

Vertrauen

Ein großer Sünder lag im Sterben. »Bete! Bereue!« flehten die Seinen ihn an: »In wenigen Augenblicken wirst du vor dem ewigen Richter stehen.« »Den Allwissenden fürchte ich nicht«, sprach der Sünder und starb in Frieden.

Marie von Ebner-Eschenbach

Unsterblichkeit

Unsterblichkeit wird nicht sein, sie war auch nicht, sie ist. Sie ist außerhalb von Zeit und Raum. Leuten, die danach fragen, was nach dem Tode sein wird, muß man antworten: Dasselbe, was vor der Geburt war. Wir wissen es nicht, können es nicht wissen und brauchen es nicht zu wissen, was das für ein Sein jenseits des Körpers in der Vereinigung mit Gott ist. Und wenn man anfinge, mir davon zu erzählen, und wenn sogar jemand aus jener Welt zu uns käme, würde ich es nicht glauben und sagen, daß ich das nicht zu wissen brauche. Das aber, was man wissen muß, fühlen wir immer und wissen es mit absoluter Gewißheit. Ich muß so leben, daß mein Leben zum Wohle der Menschheit beiträgt.

Leo Tolstoi

Kirche

In einigen Diözesen gibt es Arbeitshilfen für den Trauerfall. Die Anschriften der Ordinariate erfahren Sie über das

Sekretariat der Deutschen Bischofskonferenz
Kaiserstraße 163
53113 Bonn

Trauerseminare und -begleitung

Akademie für Menschliche Begleitung
Dr. Jorgos Canacakis
Goldammerweg 9
45134 Essen

Diakonisches Werk in Schleswig-Holstein
Martinshaus
Kanalufer 48
24768 Rendsburg

Institut für Trauerarbeit (ITA)
mit »Verwaiste Eltern Hamburg e.V.«
Evangelische Akademie
Esplanade 15
20354 Hamburg

»Verwaiste Eltern in Deutschland« in Verbindung mit
»Verwaiste Eltern Hamburg e.V.«
Kontakt- und Informationsstelle
Esplanade 15
20354 Hamburg

GEPS Deutschland e.V.
(Gesellschaft zur Erforschung des Plötzlichen Säuglingstodes
Deutschland e.V.)
Postfach 1126
31501 Wunstorf

Initiative REGENBOGEN »Glücklose Schwangerschaft« e.V.
Glatzer Straße 16
37139 Adesleben
oder c/o Barbara Künzer-Riebel
Burgstraße 6
73614 Schorndorf

Arbeitsgruppe »Der Frühe Tod von Kindern«
c/o Arbeitsgruppe »Zu Hause sterben«
Ev. Fachhochschule Hannover
Blumhardtstraße 2
30625 Hannover

Verbraucherschutz

Aeternitas e.V.
(Verbraucherschutzgemeinschaft)
Im Wiesengrund 57
53639 Königswinter

(Verbraucherschutzverein, bietet verschiedene Informationsblätter, Broschüren und Bücher zum Thema Friedhof, Bestattung, Erbe, Versicherungen an.)

Arbeitsgemeinschaft der Verbraucherverbände e.V. (AgV)
Heilsbachstraße 20
53123 Bonn

(Zusammenschluß der Verbraucherverbände, Broschüren zu den Themen Bestattung und Erbe)

Verbände der Bestattungsunternehmen

Bundesverband des deutschen Bestattungsgewerbes
Schirmerstraße 76
40211 Düsseldorf

Verband deutscher Bestattungsunternehmen e.V.
Belziger Straße 35
10823 Berlin

Bund freier Bestatter Deutschlands e.V.
Postfach 11 01 40
45331 Essen

Verband deutscher Thanatologen e.V.
Coerdestraße 44
48147 Münster

Deutsche See-Bestattungs-Genossenschaft e.G.
im Bundesverband des Deutschen Bestattungsgewerbes
Damm 2
25421 Pinneberg
oder
Feldstraße 47
24105 Kiel

Trauerfeier

Bundesarbeitsgemeinschaft Trauerfeier e.V. (BATF)
Gartenstr. 114
24220 Flintbek

Literaturhinweise

Allgemeines

- Was tun, wenn jemand stirbt? Ein Ratgeber in Bestattungsfragen. Hg. Arbeitsgemeinschaft der Verbraucherverbände e.V. (AgV), Bonn [7]1996.
- Heinz Schormann / Conrad W. Schormann: Ratgeber bei Trauerfällen. Bd. I und II: Was vor und bei einem Sterbefall zu beachten und zu erledigen ist. Fachverlag des Deutschen Bestattungsgewerbes GmbH, Düsseldorf [4]1994.
- Helft Kindern den Tod zu begreifen. Fachverlag des deutschen Bestattungsgewerbes GmbH, Düsseldorf 1988.
- Alexander von Cube: Auch der Tod gehört zum Leben ... Mit einem Vorwort von Wolfgang H. Zocher, Präsident des Bundesverbandes des Deutschen Bestattungsgewerbes e.V., Wuppertal 1996.

Kirchliche und kirchennahe Schriften

- Unsere Sorge um die Toten und die Hinterbliebenen. Bestattungskultur und Begleitung von Trauernden aus christlicher Sicht. Hg. Sekretariat der Deutschen Bischofskonferenz, Bonn 1994 (Die deutschen Bischöfe / 53).
- Die kirchliche Begräbnisfeier in den katholischen Bistümern des deutschen Sprachgebietes. Hg. im Auftrag der Bischofskonferenzen Deutschlands, Österreichs und der Schweiz und des Bischofs von Luxemburg, Freiburg–Basel–Wien 1989.
- Agende für Evangelisch-Lutherische Kirchen und Gemeinden, Bd. III. Die Amtshandlungen, Teil 5: Die Bestattung. Hg. Kirchenleitung der Vereinigten Evangelisch-Lutherischen Kirche Deutschlands, Hannover 1996.
- Der Umgang mit den Toten. Tod und Bestattung in der christlichen Gemeinde. Beitr. v. M. Ausel / D. Emeis / J. Gaedke / A. Kallis / A. Th. Khoury / K. Löning u.a. Hg. K. Richter, Freiburg–Basel–Wien 1990.

- Die kirchliche Bestattung. Arbeitshilfe. Hg. Rat d. Evangelischen Kirche d. Union – Bereich DDR. Kirchenleitung der Vereinigten Evangelisch-Lutherischen Kirche in der DDR, ³1993.
- Rainer Hauke: Ratgeber Trauerfall. Informationen aus christlicher Sicht, Berlin 1997.
- Die letzte Ruhe. Christliche Bestattungsriten und Friedhofskultur in der multikulturellen Gesellschaft. Hg. Bernd Jaspert, Evangelische Akademie Hofgeismar 1991.

Allgemeine Bücher zum Thema Tod und Bestattung

Die Regenbogen-Buchhandlung (Postfach 32 03 24, 40418 Düsseldorf) gibt einen regelmäßigen Buchspiegel der lieferbaren Titel zum Thema Sterben und Tod heraus, den man für eine Schutzgebühr bestellen kann. Unter der Überschrift »Sterbensmüde – Über Sterben und Abschiednehmen. Vom Leiden und Leben lernen« werden die genauen Titel genannt und der Inhalt mit kurzen Texten vorgestellt.

- Regina Faerber: Der verdrängte Tod. Über die Unkultur im Umgang mit unseren Toten. Geistige und Praktische Hilfe, Genf–München, 1995.
- Lexikon der Letzten Dinge. Hg. Walter Beltz, Augsburg 1993.
- Daniela Tausch-Flammer / Lis Bickel: Wenn ein Mensch gestorben ist – wie gehen wir mit dem Toten um? Anregungen und Hilfen, Freiburg–Basel–Wien 1995.
- Marjan Sax / Knaar Visser / Marjo Boer: Begraben und Vergessen? Ein Begleitbuch zu Tod, Abschied und Bestattung. Überarb. v. Geien Jonker / Theresa Wobbe. Aus d. Niederl. von Diete Oudesluijs / Marlene Müller-Haas, Berlin 1993.
- Norbert Fischer: Wie wir unter die Erde kommen. Sterben und Tod zwischen Trauer und Technik, Frankfurt a.M. 1997.

Sozialbestattung

- Die »Sozialbestattung«. Hg. Aeternitas e.V., Königswinter 1995.

Über die Trauer

- Jorgos Canacakis: Ich begleite dich durch deine Trauer, Stuttgart 1990.
- Jorgos Canacakis: Ich sehe deine Tränen. Trauern, klagen, leben können, Stuttgart [6]1991.
- Tobias Brocher: Wenn Kinder trauern – Wie Eltern helfen können, Reinbek 1996.
- Daniela Tausch-Flammer / Lis Bickel: Wenn Kinder nach dem Sterben fragen. Ein Begleitbuch für Kinder, Eltern und Erzieher, Freiburg–Basel–Wien 1994.
- Barbara Dobrik: Wenn die alten Eltern sterben. Das endgültige Ende der Kindheit, Stuttgart 1994.
- Liliane Giudice: Ohne meinen Mann – Aufzeichnungen einer Witwe, Stuttgart 1970 (4., erweit. Aufl. 1996).
- Verena Kast: Trauern – Phasen und Chancen des psychischen Prozesses, Stuttgart 1990.
- Paula D'Arcy: Wenn ein naher Mensch in Trauer ist. Wie wir richtig begleiten können, Freiburg–Basel–Wien 1993.

Zum Tod von Kindern

- Verwaiste Eltern. Leben mit dem Tod eines Kindes. Jahreshefte der Kontakt- und Informationsstelle »Verwaiste Eltern in Deutschland« in Verbindung mit dem »Verwaiste Eltern Hamburg e.V.«, Heft 8, 1996: Schwerpunktthema »Tod am Anfang des Lebens«.
- Gute Hoffnung – jähes Ende. Eine »Erste Hilfe« für Eltern, die ihr Baby verlieren, und alle, die sie unterstützen vollen. Mit Beiträgen von Reinhard Behnke, Dorothea Bobzin, Heiko Gerdes-Janssen, Peter Godzik, Hannah Lothrop, Thekla Rohrs und Perdita

Wünsch. Im Auftrag der Fachkonferenz für Seelsorge in Kinderkliniken und auf Kinderstationen innerhalb der Gliedkirchen der EKD hg. von der Vereinigten Evangelisch-Lutherischen Kirche Deutschlands. Zu beziehen über die Kontakt- und Informationsstelle »Verwaiste Eltern in Deutschland«.

- Harriet S. Schiff: Verwaiste Eltern, Stuttgart 1996.

Sammlungen von Todesanzeigen

- Stella Baum: Plötzlich und unerwartet. Todesanzeigen, Frankfurt–Berlin–Wien 1981.
- Es ist echt zu bitter. Todesanzeigen – gesammelt und kommentiert von Hans Mader, Hamburg 1990.

Texte zur Trauerfeier

- Manfred Wolf: Um eines Atems Länge kommen wir zu spät. Fünf Texte zur Bestattung, Verlag Ingrid Wolf 1989.
- Alles ist nur Übergang. Gedichte und Texte über das Sterben. Hg. Friederike Waller, Frankfurt a.M. 1991.
- Der Tod ist in der Welt. Gedichte zu Sterben und Tod. Hg. Inge Jooss / Erich Jooss, Würzburg 1993.
- Georg Hahn: Vom Sinn des Todes. Texte aus drei Jahrtausenden, Zürich 1975.
- Tod und Unsterblichkeit. Texte aus Philosophie, Theologie und Dichtung vom Mittelalter bis zur Gegenwart. Ausgew. und eingel. von Erich und Annemarie Ruprecht. Bde. I–III, Urachhaus, Stuttgart 1992.
- Christa Peikert-Flaspöhler: Schenke Neubeginn. Segensworte, Limburg 1996.

Friedhof und Grabmal

- Jürgen Gaedke: Handbuch des Friedhofs- und Bestattungsrechts. Mit ausf. Quellensammlung des geltenden staatl. und kirchl. Rechts, Köln [7]1997.
- M. Ausel: Monumente des Todes – Dokumente des Lebens? Christliche Friedhofs- und Grabmalgestaltung heute, Altenberge [2]1990.
- Friedhof – Ort des Lebens. Anstöße aus Geschichte, Theologie und Ökologie. Hg. Die Umweltbeauftragten der bayerischen Diözesen in Zusammenarbeit mit dem Sachausschuß »Schöpfung und Umweltfragen« des Diözesanrats in der Erzdiözese München und Freising, München 1994.

Testament und Erbe

- Erbschaften. Ein Ratgeber für Erben und Erblasser. Hg. Arbeitsgemeinschaft der Verbraucherverbände e.V. (AgV), Bonn.
- Karl Winkler: Beck-Rechtsberater Erbrecht von A–Z, dtv München [2]1990.
- Wolfgang Kastner: Sterben macht Erben. Leitfaden durch das Erbrecht, Altenholz 1990 (3., überarb. Aufl.).
- Wolfgang Kastner / Carl A. Gross: Sterben und Steuern. Leitfaden durch das Erbschaftssteuer- und Schenkungsrecht, Altenholz 1990.

Zur Kulturgeschichte des Todes

- Philippe Ariès: Geschichte des Todes, München 1982.
- Philippe Ariès: Bilder zur Geschichte des Todes, München–Wien 1984.
- Vom Totenbaum zum Designersarg. Zur Kulturgeschichte des Sarges von der Antike bis zur Gegenwart. Ausstellungskatalog Museum für Sepulkralkultur Kassel, Arbeitsgemeinschaft Friedhof und Denkmal, Kassel 1993.

- Norbert Fischer: »Das Herzchen, das hier liegt, das ist sein Leben los ...« Historische Friedhöfe in Deutschland, Hamburg 1992.
- Matthias Gretzschel: Historische Friedhöfe in Deutschland, Österreich und der Schweiz (»Das Reiselexikon«), München 1996.

Tod und toter Körper

- Sherwin B. Nuland: Wie wir sterben. Ein Ende in Würde? München 1994 (Taschenbuchausgabe München 1996).
- Carmen Thomas: Berührungsängste? Vom Umgang mit der Leiche, Köln 1994.

Nahtodberichte / Leben nach dem Tod

- Raymond A. Moody: Leben nach dem Tod. Die Erforschung einer unerklärten Erfahrung, Hamburg [2]1995.
- Calvert Roszell: Erlebnisse an der Todesschwelle, Freies Geistesleben, Stuttgart [2]1993.

Register

(Die Angaben beziehen sich nur auf die fortlaufenden Texte. Die Listen des Anhangs sind so gegliedert, daß dafür auf Registereinträge verzichtet wurde.)